JN242393

# 雨ふる本屋と雨もりの森

日向理恵子　作
吉田尚令　絵

# 雨ふる本屋と雨もりの森

〈雨ふる本屋〉の製本室(せいほんしつ)に
流れ着くのは　本の種(たね)
書きかけのまま　わすれられ
おわらなかったお話たちは
ほっぽり森で種(たね)になり、
雨のしずくで育つのです

ずいぶん前に夢見られ
夢見られたまま　わすれられ
長らく眠(ねむ)っていた国が
目をさまそうとしています

すきまの世界になかったはずの
浮遊する都市、ガラスの坂道
だれのためやら　わからぬうらない
そびえ、さかまき、あふれでる、
ここはいかなる王国か

ノートとペンをたずさえて、
青い小鳥のゆくえを追って
図書館のおくへ出かけましょう
「雨あめ　降れふれ　〈雨ふる本屋〉」
あらたな雨の降るほうへ

# 登場人物

**ルウ子**
人間の女の子。
お話を書くのが好き。

**ホシ丸くん**
幸福の青い鳥。
男の子に変身する。

**サラ**
ルウ子の妹。

**ブンリルー**
もと自在師の女の子。
物語を読むのが好き。

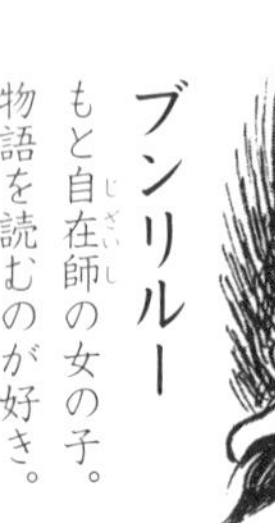

**舞々子さん**
フルホン氏の助手。
妖精使い。

**シオリ
セビョーシ**
舞々子さんの妖精。

**ヒラメキ**
作家の幽霊。

**フルホン氏**
かつて絶滅したドードー鳥。
〈雨ふる本屋〉店主。

**電々丸**
雨童。
舞々子さんの親せき。

**七宝屋**
ふしぎなものを
商うカエル。

# もくじ

# 一　図書館の知らないだれか

天気予報はどうやらはずれて、もうすぐ雨が降(ふ)りだしそうです。

買い物ぶくろの中身をゆらさないよう、気をつけながら、ルウ子は足をはやめました。

市立図書館では、妹のサラが待っています。夕飯(ゆうはん)のおかずを、ルウ子が買いに行っているあいだに、読みたい本を司書(ししょ)さんにさがしてもらっているはずでした。お母さんにたのまれたコロッケは、ちょうど揚(あ)げたてで、手にさげたふくろから、おいしそうなにおいがただよってきます。

カエデの並木(なみき)にふちどられた坂をのぼりきると、図書館はすぐそこです。

「お姉ちゃーん」

　サラのはずんだ声が、ルウ子を呼びました。市立図書館のかべは、若いゾウの皮ふのような、明るい灰色をしています。玄関前は、時計台と花壇のあるちょっとした広場になっており、サラはそこで本の入った手さげかばんを持って、ルウ子を待っていました。

「見つかったの？　読みたがってた本」

　ルウ子が歩いてゆくと、サラはとくいげに、手さげかばんをかかげます。ピンク色の地に、パンダの顔が縫いつけられた、サラのお気に入りのかばんです。中に入った本の重みで、パンダの頬が片側にひっぱられ、くすぐったそうな顔になっていました。

「あのね、サラ、ちゃんとはずかしがらないで、司書さんにお願いできたのよ。さがしてくださいって」

　そのままくるっとスカートをひるがえして、サラはスキップで進みはじめました。ルウ子はやれやれと、ふたつにくくった髪をはずませて、サラに追いつきました。

「いそがなきゃ、雨が降ってくるわ」

風におしやられた灰色の雲が、空をおおいはじめています。空気にかすかな雨の気配が混じり、鼻のおくをくすぐりました。

ふたりならんで、家へ帰ろうとした、そのときです。ルウ子とサラは、同じ方向に顔をむけて、足を止めました。

図書館前の花壇を、こちらに背をむけて、のぞきこんでいる人がありますす。黒い上着を着た、男の人です。それだけならば、気にとめるようなことではないのですが、その人のただならない真剣なたたずまいが、ふたりの目をひきつけずにはいなかったのでした。

見知らないその人は、熱心に花壇に顔を近づけていましたが、ふいに、ひょいと手をのばすと、なにかをつまみあげました。

小石かなにかに見えたそれを、男の人が顔の前にかざしてみたために、ルウ子たちにも見ることができました。あま色のうずまきと、くねくねとあわてて動く、やわらかな体を。

カタツムリです。

殻の中にかくれてしまったカタツムリを、男の人は、黒い上着のポケットへ、ころんと入れました。

ルウ子とサラが、じっと見ているのに気づかないで、男の人はなんでもない足どりで、図書館へ入ってゆきます。黒い上着のうしろすがたを飲みこんで、ガラスの自動ドアは、いつもと同じに閉じました。

「お姉ちゃん、あのおじさん、だれだろう？」

「知ってるわけないでしょう。でも……」

サラにたずねられても、ルウ子はかぶりをふるほかありません。市立図書館へ、カタツムリを持って入るおじさんなんて、知りっこないではありませんか。でも……ほかに、そんなことをする女の子たちなら、よく知っていますが。

ルウ子とサラは、市立図書館から、ないしょの世界へ行き来する方法を持っています。ないしょの世界の入り口の先には、ふたりのなじみの古本屋があって、そこへ行くには、案内役のカタツムリが必要なのです。

「……」

ルウ子とサラは顔を見あわせました。ふたりとも無言のままに、いそぎ足で図書館の中へかけこむと、ガラスのドアが、背後で閉まります。

たくさんの本のにおいにみたされた、図書館の中。黒い上着の男の人は……見あたりません。

児童書コーナーの大きな窓から、空にどんどん灰色の雲がしみてゆくのが見えます。はやく帰らなくては、ふたりの荷物はどちらとも、雨にぬれてはいけないものなのに……けれど、ルウ子もサラも、目をまんまるにして、さっきの男の人をさがすことしか、もう頭にありませんでした。

貸し出しカウンターの前を通過します。さっき出ていったばかりのサラがもどってきたので、司書さんがカウンターのむこうで首をかしげています。

もっとおくへ行ったのかもしれません。ルウ子たちはきょろきょろ視線をめぐらせながら、足なみをあわせて、本棚のあいだを進みました。

「オッホン！」

ソファで新聞を読んでいたおじいさんが大きなせきばらいをして、ルウ子たちをビクッととびあがらせました。と——

〈音楽史〉と札のかかった本棚の前に、黒いすがたを見つけました。まっすぐそちらへむかってゆこうとするサラの衿首をあわてててつかまえ、ルウ子は本棚のかげにかくれて、男の人がなにをするのか、じっとようすをうかがいました。

横顔から、メガネをかけているのがわかります。ルウ子たちのお母さんと、同じくらいの年の人でしょうか。その視線は、どうやら、本の背表紙を見ているのではありません。ポケットからさっきのカタツムリをとりだすと、男の人はそれを、棚板の上に置きました。カタツムリにむかって、なにやら口の中でもぞもぞと、話しかけているようです。

あるいは――呪文をとなえているのかもしれません。

ルウ子たちには、棚板のカタツムリが触角をふりたて、するすると目にもとまらぬはやさですべりだすのが、わかりました。なぜといって、本棚のりんかくがゆらぐのが、ここからでも見てとれ、男の人が本棚へむかって足をふみだすと……そのすがたが、消えてしまったのです。あっと思うまもありません。

魔法にひとしい一瞬のできごとは、注意深く見つめていなければ、目の錯覚としか思えないでしょう。けれどルウ子もサラも、それが錯覚や見まちがいのたぐいでないことは、わかっていました。

ルウ子たちは、カタツムリと男の人が消えた場所へ走ります。本棚はもとどおり、たくさんの本をならべて立ち、どこにもおかしなところなどありません。ただ、さっきまでたしかにいたはずの、カタツムリと男の人のすがただけが、かき消えてしまったのです。

これは、同じやり方でした……ルウ子たちが、図書館のひみつの通路をつかう、そのときと。

「お姉ちゃん、きっと……」

サラが頬を張りつめ、ルウ子はすぐさま、それにうなずきます。

「うん。――きっと、〈雨ふる本屋〉へ行ったんだわ」

ルウ子が返事を言いおわるより先に、サラはもう、ポケットから、もも色のカタツムリ人形を出していました。つややかな巻き貝と銀の針金でできたこのカタツムリが、ルウ子とサラの案内役です。

するどいささやき声で、ふたりはひみつの呪文をとなえました。

「雨あめ　降れふれ　〈雨ふる本屋〉！」

とたんに、つくりもののカタツムリが、動きます。巻き貝の殻を光らせて、生き生きと走りはじめます。

ルウ子とサラのまわりには、目に見えないしくみがくみあわさって、本棚の迷路が出現します。人間よりも重い、巨大な本。入り組んだ通路。てっぺんがかすむほど高くそびえる本棚……

ふくざつな通路を、ゆっくり歩くはずのカタツムリは、猫が走るのとかわらないはやさで、するすると進んでゆきます。この迷路で迷子にならない方法はひとつ、案内役のカタツムリを、けっして見うしなわないことです。かどをまがり、枝わかれした道から正しいひとつを選びとり、ときにはまわりこんでひきかえし、左右の視界を無限の本棚にうめつくされて――

だから、前を行くもも色の巻き貝しか見ていなかったルウ子とサラが、ふいにわき道から走りでてきたあま色のカタツムリにおどろいて、大きく前へころんでしまったのも、無理はないのです。

二匹のカタツムリは、ぶつかることなく交差しました。みごとに、一瞬の差です。

それにひきかえ、そろってころんだルウ子とサラは、起きあがることができませんでした。

なぜって、体がどんどんころがりつづけるのです。たしかにまっすぐな床を走ってきたはずなのに、ふたりはきゅうな坂道を、ころがり落ちてゆくのです。

どこかのすきまへ、ころがりこんでゆくみたいに――

どの声がどちらのあげた悲鳴なのか、かん高い声は本棚の迷路でめちゃくちゃにこだまして、耳をろうするほどにふくれあがりました。

びっくりした顔で、こちらを見おろす男の人の顔が、うんと遠くに見えました。ルウ子たちが追いかけようとした、あの黒い服の男の人です。ルウ子たちをたすけようと、その人が手をのばしてくれたのもむなしく、ルウ子とサラはころがりつづけました。

ころがって、ころがって、あっというまに巨大な本たちは視界から消え、まわりがまっ暗に、閉ざされてゆきます――

# 二　照々美さんの庭

日ざしと草のにおいが、頬をくすぐりました。

ころんだひざがぬれているのを感じて、ルウ子はあわてて起きあがります。すりむいたかと思ったひざ小僧には、けれどけがはなく、皮ふをじわりとぬらしているのは、たっぷりと湿った土でした。

本棚も、本もここにはありません。顔に降りかかるのは雨ではなしに、明るい日の光です。ここは――〈雨ふる本屋〉ではないここは、いったいどこでしょうか？

「キャッ」

うしろで、サラが悲鳴をあげました。ふりむくと、鼻つらにハトほどもある蝶がとまって、サラの目を白黒させています。サラの鼻にとまった蝶ちょは、水の膜のように透明な翅をひらめかせ、また飛んでゆきました。

その大きな虫の、宙を舞ってゆくすがたを目で追うと、どこにもかしこにも、あふれんばかりの緑がきらめいています。花壇と、レンガの小道、木陰をつくる木々と、一心に太陽をあびている花々。

ルウ子たちが迷いこんだ場所は、どうやら、どこかの庭園です。みごとに手入れのされた庭は、お水をもらったばかりのようで、生き生きとしています。どこまでつづくものか、立ちあがってぐるりと見まわしますが、庭の外に、道や建物があるようすはうかがえません。花と、高い木と、低い木と、また花とが、えんえんと遠近法をいかし、みごとに設計された形と色とをほんぽうにおどらせて、風にゆられているのです。

「あっ！」

とつぜん、サラが悲鳴をあげました。目をまんまるに見開いて、スカートのポケットをひっくりかえしています。

「お姉ちゃん！　サラのカタツムリがいない……」

ルウ子も、息を飲みました。そういえばたしかに、ころんだのはルウ子たちだけで、もも色のカタツムリ人形は、そのまま走っていってしまいましたっけ……

「どうしよう……」

どうやって、〈雨ふる本屋〉へむかえばいいでしょう。ルウ子は、ころんだ拍子(ひょうし)にひしゃげてしまったコロッケのふくろについた泥(どろ)を、手ではらい落としました。サラが抱(だ)きかかえていたパンダの手さげぶくろは、汚(よご)れずにすんだようです。

「とにかく、だれかいないかさがしましょ。きっとすきまの世界のどこかには、ちがいないもの」

ふたりは、芝草(しばくさ)の上から、レンガの小道へ移動(いどう)しました。おかしな道です。しかれたレンガは、ピンセットでつまめるほどの小ささですし、道のはばはせますぎて、ルウ子の足もサラの足も、はみだしてしまいます。

空には、のどかな雲が浮(う)かんでいます。虫たちをさそう花々の、甘(あま)いみつのかおりが空気をよろこばせています。白やむらさきや黄色、燃えたつ火の色、夜のビロード、白ぶどうやチョコレートクリームの色——ほとんどあらゆる色の花が咲きそろっていました。どちらへむかえばいいかわからず、青い花の咲くほうへ方角をさだめて、ルウ子とサラはレンガの小道をたどってゆきました。

　歩きだしてすぐ、ふたりは、ぐるぐると目がまわってきました。この庭ときたら、大きさがまるででたらめなのです。巨木のようにそびえるわすれな草にでくわしたかと思えば、白い花を咲かせたウツギの木はくしゃくしゃにまるめた糸くずほどにしか見えません。天幕になって頭上をおおい、細胞の一個一個までまる見えになった青いケシの根もとをぐるりと迂回すると、白いペンキのぬられた木の柵をつま先でくずしてしまわないよう、気をつけなければなりませんでした。

　ながめるだけなら、美しく咲きならんでいた庭が、どうしたわけか、歩きだしたとたん、気まぐれにのびちぢみするのです。それも、めくるめくはやさと、でたらめさで。

「……サラ、見て。あそこ、人がいるかもしれないわ」
でたらめな景色に、ルウ子はほとんど気分が悪くなっていたのですが、片手で口をおさえ、前方を指さしました。むこうに、ドーム屋根の小さな建物が見えています。きっと、庭のあずまやです。サラは青ざめた顔でよろよろと、必死にルウ子のあとをついてきました。

甘いかおりがただよってきます。花のみつとはちがう、お砂糖とバターの……それに、紅茶のにおいが。

一個ずつが公園ほどのひろさにふくれあがったレンガの上を、海坊主のような水滴をよけながら、ふたりはやっとの思いで、あずまやにたどり着きました。

ガラスでできたあずまやのきゃしゃな柱には、白やうすもも色のつるバラが旺盛にからみつき、すくいたてのアイスクリームのような花をころころと咲かせています。ブリキの如雨露とバケツが、そばに置いてありました。その如雨露とバケツが、あたりまえの大きさであるのに気づいて、ルウ子たちはようやく、大きく息をつきました。

「庭にお客さまだなんて、めずらしいわね」

だれかの声がしました。

あずまやの中央には真鍮製のテーブルと椅子があり、おいしそうなにおいは、そこからしていました。そして、椅子にかけてお茶を飲んでいた人が、ルウ子とサラを見つけて、にこりと頬笑んだのです。

「こちらへ来て、いっしょに座るのはどう？」

ものの大きさの変化は、もうおさまっていました。ルウ子たちは慎重にあずまやの中を見まわしてみましたが、気まぐれにのびちぢみするものは、もうひとつもありません。椅子にかけているのは、女の人で、大きなひさしのついた帽子をかぶり、ひなぎく色のドレスを着ています。

帽子のひさしには真珠色の翅をしたほんものの蝶が、ちょうどリボン飾りと同じぐあいに、とまっていました。

ルウ子とサラは、うなずきあい、ルウ子が一歩前に出て、女の人にたずねました。

「勝手にお庭に入って、すみません。あのう、あたしたち、〈雨ふる本屋〉へ行きたいの。〈雨ふる本屋〉って、知ってますか？」

すると、女の人の大きな瞳が、朝の空の気配をたたえて、水色とばら色にゆらめきました。見まちがいでなければ、朝つゆそっくりな光が、キラキラと目のおくにやどっています。

「あら！　わたしのよく知っているお店よ。わたしの姉が、はたらいているんですもの。舞々子というの。ごぞんじでしょう？」

「舞々子さんの？」

妖精使いで〈雨ふる本屋〉の助手、舞々子さんの名前がふいに登場したので、ルウ子とサラはびっくりしました。ふたりの声が大きすぎ、どこかで小鳥があわてて飛びたちました。

舞々子さんの妹だという女の人は、陶器の人形じみた上品な顔を、わずかばかりかたむけます。すると、帽子の蝶が、真珠色の翅をはたはたと、優雅にはばたかせました。

そう言われれば、おもざしがどこかにています。舞々子さんの、背中に流れる巻き毛とちがい、この人は髪をうしろに結いあげて、帽子の中へしまっていますが……弓なりのまゆも、アーモンド形の目も、頰笑みがすみついた口もとも、舞々子さんと同じです。なにより、こんなふしぎな色にゆらめく瞳を持つ人を、ルウ子とサラは目の前のこの人をのぞいては、舞々子さんのほかに、知りませんでした。

「ちょうどそろそろ、わたしも行こうかと思っていたの、〈雨ふる本屋〉へ。ごいっしょしましょう。ところで、この庭へ来たのはどうして？」

女の人は、立ちあがる前に、テーブルのすみにかけてあった杖をとりました。足が悪いらしく、杖をつきながら立ちあがります。ほっそりとした体をつつむドレスは、咲きほころんだひなぎくの花を、ありったけ集めてつくったかのようです。

と、ドレスの肩から、なにかが顔を出しました。金色の毛におおわれた、小さなサルです。キィ、とするどくサルが鳴き、ルウ子とサラをびっくりさせました。それを見て、女の人は、くすっとゆかいげに笑います。

「リスザルよ。名前は、マゼランというの。あらいけない、自分の名前を言うのを、わすれてたわ。姉とちがって、うっかり者で……　わたしは、照々美といいます。この庭の、庭師なの。あなたたちは？」

ルウ子は（へんな名前の人しかいないのには、もう慣れなければと思いながら）、リスザルのやわらかそうなしっぽに気をとられているサラにかわって、ふたりぶんの自己紹介をしました。

「わたし、ルウ子っていいます。こっちは、妹のサラ。わたしたち、いつも市立図書館から、〈雨ふる本屋〉へ行くの。でもきょうはどうしてだか、ここのお庭へ来てしまって……たぶん、本棚の迷路でころんだせいなんだと思うんだけど……」

「まあ、そうなの」

照々美さんは、どこか楽しそうに頬笑んだまま、コツコツ、杖をついて歩きだしました。杖の柄は、鼻をまるめたゾウの頭の形をしています。

「マゼラン、かごをとって。肥料を姉さんにとどけましょう。ルウ子とサラが、手伝ってくれるとうれしいわ」

　小さなサルはすばしっこく照々美さんのうでを伝いおりると、あずまやのすみから、籐で編んだかごをひきずってきました。サルは首から、ひもを通した小ビンをぶらさげていて、動くたびにそれがきらきらとゆれます。

　こっくりと煮つめたアメ玉みたいな目が、ルウ子とサラを順ぐりに見あげます。サラが、ためらわずにサルからかごをうけとりました。かごの中には、かたまった砂糖くずのような、白いつぶがたっぷり入っています。サラがかごをとったので、ルウ子は、図書館の本が入ったサラのふくろを、かわりに持つことにしました。ルウ子が持っていたコロッケは、もうどうやらだめになってしまっていますが、置いてゆくわけにもいきません。

（夕飯までに、帰れるかしら――おかずがつぶれちゃって、お母さん、怒るかな）

うつむきながら、照々美さんのあとについて、あずまやから出たとたん——また、庭のさまざまな植物たちは、大きさをめちゃくちゃにしてしまいました。いいえ、庭の植物たちだけではありません。

「ひゃあっ！」

ルウ子の悲鳴が、そばにいた雲をふるわせました。照々美さんが、ずっと下の、あずまやより大きくなったルウ子の足の先にいます。一瞬にして、どうやら天をつくほどに、ルウ子の体が大きくなってしまったらしいのです。

いきなり巨人になったルウ子は、だれかをふみつぶしてしまわないかと、ぐっと体をこわばらせます。サラは、どこでしょう？

「あらあら」

照々美さんが、ルウ子をふりあおいで杖をかざしました。

「あなたたち、まだ庭になじんでいないのね。マゼラン、ふたりにみつを飲ませてあげて」

するとてる照々美さんの肩にのっているサルは、命じられるまま、またうでを伝い、小道のわきの苔の中へかがみこみました。ルウ子のはるか下で、ぽこんと、キノコがはえでるみたいに、サラがすがたをあらわしました。どうやらサラは、見えないほどに小さくなっていたらしいのです。

つぎにマゼランは、巨人になったルウ子の体を、せっせとのぼってきました。アリが肌の上をはっているみたいで、くすぐったくてたまりませんが、へたに動いては、サラや照々美さんをふみつぶしてしまいます。ルウ子は必死で、息を止めて足をふんばりました。

ノミかと思うほど小さなリスザルが、ルウ子の口に小ビンをおしつけます。甘いものがくちびるの先にしみてきて、つぎの瞬間、

――ヒュン！

体が縮んで、ルウ子はレンガ道に、いきおいよくしりもちをつきました。となりでは、大ゆれの船からおりたばかりのような顔をして、サラがふらふらと立ってい

ます。

　見あげると、杖をついた照々美さんが、やっぱり楽しそうに笑います。

「うふふ。おどろいた？　わたしね、このとおり、足が不自由でしょう。庭師の仕事をするのに、体がこのままでは、とても不便なの。だから、庭にあわせて、体がのびちぢみするように庭を細工したのよ。古い下葉を切りとるときや、根もとの病気をさがすときには、小さいほうが便利だし、高い枝の剪定や、ごっそり土をたがやすときには、体を大きくするわけ。だけどほら、きょうのようにお客さまがあったときには、みなさん、右往左往してしまって。サラ、かごはちゃんと持ってる？　姉さんのところまで、よろしくね」

　照々美さんのほがらかな声は、庭にそそぐ日の光とぴったり一致して、昼さがりをもっと美しくさせています。サルのマゼランはちゃんと主の肩にもどって、ルウ子とサラのようすを、べっこう色のアメ玉じみた目で、見張っていました。

　ルウ子とサラは、おたがいに大きく息をつき、不安げな顔を見あわせて、のんびりとした庭の主についてゆきました。

花壇をめぐり、物置小屋のわきをぬけ、鳥たちのための水盤を横目に、木々のトンネルをくぐってゆくと、アメジスト色の花の雲がかげをつくる、キリモドキの木の下へやってきました。

むらさきのかげの中、目の前には、レンガでできたかべがあり、鉄格子の扉が、つめたい暗闇をのぞかせています。

「ここを通ってゆくのよ。いつも、姉に会いにゆくときには」

ふりかえらずにそう言いながら、照々美さんは、杖のゾウの牙を、重たげな錠前にさしこみます。するとゾウの牙の曲線と錠前がカチリとかみあう音がし、錠がはずれました。照々美さんの細い手が、鉄格子の扉を開けると、ひどいきしみをあげながら、扉がそのおくに見せたのは、下へとつづく暗い階段です。

サラが、くいくいとルウ子のそでをひっぱりました。まゆは八の字になり、上目づかいにこちらを見あげています。

（このまま、ついていっていいと思う？）

そう聞きたがっているのが、わかりました。ルウ子だって、なんだか不安です。

（だけど、舞々子さんの妹だっていうんだし――）

この人についてゆくほかに、〈雨ふる本屋〉へたどりつく方法など、いまのルウ子たちには見つかりません。

だまってうなずくと、サラの手をとって、ルウ子は古い土のにおいのする階段へ、足をふみだしました。

## 三　地底の川ととらわれの巨人

「そう、それでは、ふたつの道が混線したせいで、あなたたちは、庭に迷いこんだのかもしれないわね」

下へ下へと階段をたどりながら、ルウ子はふたたび照々美さんに、庭へ迷いこんだいきさつを説明しました。照々美さんは、ほがらかにうなずいてそれを聞いています。うしろをついてゆくルウ子たちからは、生きた花と蝶で飾った照々美さんの大きな帽子と、マゼランの金色の尾しか見えません。

「そんなことって、あるのかしら。それにしたって、あの男の人、だれだったんだろう？　ねえ照々美さん、すきまの世界の外から、人が来ることって、よくあるの？」

「たまにはね。わたしは、あなたたち以外に会ったことがないけれど」

階段はきゅうな角度で、カーブしながらえんえんとつづいています。かべには青白く光るキノコが、足もとには内側から発光する水晶がはえているため、まっ暗でなにも見えないという心配はありません。それでも、石の足場は湿っていて、苔がむし、うっかり足をすべらせないよう、慎重に歩かなければなりませんでした。

コツコツと、照々美さんの杖の音が、規則正しくひびきます。足が不自由だというのに、ここを通りなれているのか、照々美さんの足どりにはすこしもよどみがありません。サラは照々美さんの籐のかごを落とさないよう、はりきって、うでに力をこめています。

かべにはえた光るキノコが、ときおり思いだしたように胞子を吹き、星くずの粉を飛ばしました。

「さあ、着いたわ」

照々美さんの声がそう言い、行く手が、きゅうに明るくなりました。階段がお

わったのです。

「わあ……」

ルウ子とサラの口から、同時に、感嘆の声がもれました。

そこは、町並みも入りそうにひろびろとした、洞窟です。黒い岩のそこにもここにも、水晶の群れが光のしずくをともし、階段にはえていたのと同じ種類のキノコが、青白い胞子を蛍のように舞わせています。鍾乳石が、らせんを描きながら床をめざし、地面からも同じ形をくりかえす石の木が、さまざまな高さでならんでいます。

そして洞窟の中央には、ゆるやかに流れる川がありました。川の深さは知れませんが、おそろしく透明な水がゆらゆらとうねる気配に、ルウ子はとりはだが立ちました。うっかりふれでもしたら、ルウ子の手が一瞬で汚れをひろげてしまいそうな、それほどに澄みきった暗い水なのです。

「気をつけてね」

照々美さんが、口の前に人さし指を立てました。

「ここには、妖精がいるの。知ってのとおり、妖精というのはしきたりにうるさくて、怒らせるとめんどうだから。これを持って行かなくちゃならないのよ」

照々美さんの手が、そばにはえていたキノコをポツリと折ります。三本折りとったキノコを、細い指がかかげると、肩からマゼランがかけよってきて、首にさげた小ビンから、中身を一滴ずつたらしました。

とたんに、指先ほどの大きさしかなかったキノコが、雨傘のようにのびて、ひろがります。照々美さんは一本を自分でさし、あとの二本を、ルウ子とサラに持たせます。

「さあ、行きましょうか」

青白く光るキノコは、一瞬で成長しても、明るさをそのままにたもっています。その傘の下に入ると、ひなぎく色をした照々美さんのドレスが、あやしく染まりました。

「妖精、どこにいるの？」
傘をうけとりながら、サラがぴょこりとかかとを浮かせます。が、こたえるかわりに、照々美さんがにこっと笑ってみせるものですから、目をまるくして足を地べたにつけました。ルウ子は、言われるとおりにキノコの傘をさして、照々美さんの顔をうかがおうと見あげました。すると、照々美さんの鼻はもうむこうをむいていて、肩にのったリスザルのまるい目ばかりが、ルウ子たちに気をゆるしてなるものかと、じっとこちらを見つめているのでした。

「照々美さんも、妖精使いなの？」
サルの視線をよけるように傘をかたむけながら、ルウ子はたずねました。照々美さんのお姉さん、舞々子さんは、妖精使いです。シオリとセビョーシという名の、かわいらしくてはたらき者の妖精ふたりをつれていて、いっしょにお客にぴったりの本をさがしてくれます。

帽子のつばがゆれて、照々美さんが首をふっているのがわかりました。

「いいえ、さっき言ったとおり、わたしは庭師です。ときどき、博物館の館長もつとめるけれどね。わたしのようなうっかり者は、妖精と相性がよくないの。この地下もめったに通らないんだけど、きょうは、姉へのおつかいものがあるから」

洞窟の空気はひんやりとして、寒いくらいです。そのとき、やっと、ルウ子は自分たちが運動靴をはいているのに気がつきました。ルウ子は水色の、サラはピンクの水玉もようの。いままでいつも、すきまの世界へやってくるときには、レインコートに長靴だったのですが――それは、〈雨ふる本屋〉をおとずれる日が、たまたま、いつもきまって雨降りだったためです――きょうはふたりとも、雨具はなにも身につけず、かわりに、大きなキノコでできた光る傘をさしています。

手首にかけた買い物ぶくろが不用意な音をたてないよう、そっとまるめてにぎりました。きゅうに、心細さに襲われたのです。だって、こんなところからすきまの世界へ来たことなんて、いちどもないのですから……雨具も身につけず、〈雨ふる本屋〉の、あの小さな木の扉をくぐらずになんて。

ルウ子の心配になど気づきもしないで、照々美さんは杖をつき、川のほうへむかいます。

「どうやって、〈雨ふる本屋〉へ行くの？」

すると照々美さんは、傘をさして川のほうをむき、頬笑みをふくんだ声でこたえます。

「定時に、ゴンドラが来るの」

ひと茎の花にもにた、まっすぐな背中です。キノコの傘はぼんやりと透けて、花で飾った照々美さんの帽子、ゆらゆらと動くマゼランのしっぽが見えています。

ゴンドラ、ということは、舟がやってくるはずです。長い櫂であやつられる小舟が運河を行く写真を、ルウ子は歯医者さんのカレンダーで見たことがあります。ところが……上流からやってきたのは、舟なんかではありませんでした。右へ、左へゆれながら、なにかが川をくだってきます。洞窟のおくから、ゆったりと川を泳ぎくだってくるのは、おそろしく年をとった、一匹のカメです。四人がけのテーブルほどもある甲羅の上に、鳥かごににた鉄製の囲いがのっています。

みんなの前まで泳いでくると（ほんとうは、のんびり流れてきただけにも見えたのですが）、カメは岸に甲羅をおしつけて止まり、きれいな泥がつまったような目で、こちらを見あげました。頑丈なつめのならぶ前足が、岸辺の岩をつかんでいます。

「ほらね、時間どおり」

鉄柵をつかむと、照々美さんは左の足に力をこめて、カメの甲羅にのぼります。

うっかり屋というのは、こういうことでしょうか。照々美さんは、話しかければこたえてくれますが、どこかうわの空で、自分の知っていることは、もちろんルウ子たちも知っているだろうといわんばかりに、なにかだいじな説明がぬけ落ちています。

「きっとだいじょうぶよ、サラ」

妹をはげまそうとしたルウ子は、サラが目をきらきらさせているのを見て、ため息をつきました。サラはもうすっかり、この冒険に興奮しきっているようすです。

（サラのカタツムリが、はやく見つかるといいけど……）

ふたりしてころんだとき、とっさにこちらへ手をのべようとしたメガネの顔を思いだしながら、ルウ子はカメの背中によじのぼりました。甲羅は苔と花でおおわれ、小さな島に見えるほどです。照々美さんが、ふわりとスカートをひろげて座るのにならい、ルウ子とサラも甲羅の上に腰かけました。ルウ子たちがのってもびくともしないで、カメは、ふたたび泳ぎはじめました。

と――三人と一匹がのったカメが岸をはなれたとたん、あちこちの岩かげから、小さな頭がのぞきました。小石のような頭にふわふわとさか立った毛、うす闇にもあざやかな、金銀のすじをまとった翅――てのひらににぎりこめるほどの頭は、どんどんその数をふやし、しまいには何百という妖精が、洞窟のかべにびっしりととりついて、はなれてゆくルウ子たちを見つめています。青、むらさき、金、朱色や黒、いろんな色をした、けれども形はどれも同じ、小さくつぶらな目が、用心深くこちらをにらんでいるのでした。

「ほら」

照々美さんが、晴れやかにキノコの傘を見あげます。

「これがなければ、いまごろ、あの人たちに誘拐されてしまってたわ。サラ、かごをしっかり持っていてね。川へ落とすと、もう帰ってこないから」

口をまるく開けて妖精の大群をふりかえっていたサラは、そう言われて、あわててルウ子のほうへ体をひっこめました。何対ものちっぽけな目は、まだずっと暗がりの中にぎらついています。

「すぐに、〈雨ふる本屋〉に着くわよ」

照々美さんがにっこりとそう言い、リスザルは主の肩の上から、じっとルウ子のほうを見ています。ルウ子は、カメの甲羅から万が一にもおしりがずり落ちないよう、座りなおし、サラが借りた本が入った手さげぶくろと、だめになってしまったコロッケのふくろを、サラが持ったかごと同じに、おなかへ抱きよせました。

地下の川は、洞窟のあちこちにともっているキノコや水晶の光をうけ、こわいくらい静かに流れます。背中に巨大な鳥かごをせおったカメは、川をよどみなくくだってゆきました。

はじめのうち、キノコの傘のかげにかくれてじっと座っていたルウ子とサラは、とうとう好奇心に負けて、鉄柵ごしに洞窟の中をながめまわしました。らせんに成長してゆく鍾乳石のうしろから、妖精の頭がのぞいていることもあります。その背中には、うすいうすい雲母の色をした翅がひらめいていました。道化の衣装をまとったシオリやセビョーシとちがい、洞窟にすむ野生の妖精たちが身にまとうのは、はぎれや花びら、魚のうろこ、銀色をしたネズミの毛皮、あらゆるもののつぎあわせです。

カメが泳ぐそのずっと下を、とてつもなく大きなものの影が追いこしてゆきます。ナマズでしょうか、サンショウウオかもしれません。胞子をはききったキノコはかさを分裂させて、クラゲ式に宙をただよいはじめます。

ルウ子もサラも、洞窟の景色をながめるのに夢中で、しゃべることなんてわすれていたのですが、とつぜんにふたりは、短く悲鳴をあげました。

「照々美さん、あれ、なに？」

洞窟の岩壁が大きくえぐられ、そこに鉄格子がはまっているのです。錆びが浮き、腐りかかった鉄格子のむこうに、だれかがいます。カメはたゆみなく泳いでゆき、そのだれかの前を、ルウ子たちは通過しました。

ふたつの目が見ています。それはじっとこちらを見ていて、たしかに、目があいました。

鉄格子のむこうに、ぽっかりと見開かれたままの目と、びっしりととげでおおわれた巨木じみた顔があったのです。――巨人です。巨人はいちどもまばたきをせず、うす緑とも灰色とも見える瞳でこちらを見つめています。とげにおおわれた顔は、長い鼻も四角いあごも、一文字に閉ざされた口も、かたい木か岩でできているように見えました。

とつじょ目の前にあらわれた異様な存在に、全身がすくみあがります。鉄格子はすっかり錆びていて、いつ折れてもおかしくなさそうに見えます。もしも巨人がこちらへうでをのばしてきたら、ルウ子たちをつかまえようとしたら……

しかし、巨人はびくとも動きませんでした。かわりに、ただじっと、こちらを見つめているのです。その顔には、どんな表情も浮かんでいません。見開いたままの目は、ただからっぽなうつろをやどして、こちらを見つめながら、同時に、なにも見えていないようなのです。まっ暗でつめたい気配が、その目から、ぞうっと胸の中へ吹きこんできました。

鉄格子のむこうから、巨人はまじろぎもせず、川をくだってゆく小さな人間たちを見送ります。

「……照々美さん」

もう、巨人の前は通過してしまいましたが、ルウ子はおそろしさで、照々美さんのほうへ身をよせました。サラも同じです。

　すると照々美さんは、あいかわらず口もとの笑みをたやさないで、ルウ子たちを見おろしました。

「巨人よ。囚人なの。なにか悪いことをしたのか、ずっとあそこへ閉じこめられているわ」

「悪いことって？」

「さあ、どんなことだか、わからないわ」

　その声のけろりとした調子が、ちっともルウ子をいらだたせなかったと言ったら、うそになります。

「あの巨人さん、まばたきしなかったよ」

　サラの声は、ふるえています。照々美さんはまったく動じずに、マゼランの背中をなでています。

「ええ、あの巨人には、まぶたがないの。だから、なんでも見えてしまうのよ。こんな地底の牢屋にいては、見るものもあまりないでしょうけれど」

平然（へいぜん）とこたえる照々美（てるてるみ）さんのドレスをつかんでいた手を、ルウ子はあわててはなしました。ひなぎくのドレスがしわになっては、照々美（てるてるみ）さんが気にするだろうと思ったのです。

洞窟（どうくつ）の暗い冷気（れいき）が、胸（むね）の中にまでしみこんで、ルウ子はサラの手さげぶくろをきつく抱（だ）きしめました。

ルウ子もサラも、すきまの世界で、あれほどおそろしいものを見たことはありませんでした。じっとこちらを見ているのに、なにを見ているのだか、なにを考えているのだかわからない、巨大（きょだい）な目だなんて。

やがて、前方がかすかに明るくなってきました。

カメにのったときとは反対の岸辺に、石の階段（かいだん）があります。その階段（かいだん）の石は、みんな、本の形をしていました。

石の本の階段（かいだん）へ甲羅（こうら）を横づけにすると、カメはみんながおりるあいだ、またつめで岸につかまって、じっとしていてくれました。

「さあ、もうすぐよ」

杖をつき、照々美さんが歩きはじめます。しおれたキノコの傘を、照々美さんは岩のうしろへ寝かせました。役目のおわったキノコは、青白いかさをふにゃりとすぼめて、しおれます。

カメが、もう泳ぎさろうとしています。

「あ、ありがとう！」

ルウ子はあわてて、カメに手をふりました。のせてもらったお礼を、しなくていいのでしょうか。カメがコロッケを食べるかどうか、ルウ子はとっさに考えましたが、もう鳥かごののった甲羅は、暗い川をゆったりとくだりはじめていました。

サラは、さっきの巨人をまだこわがって、ぎゅうっとルウ子のうでをつかんできます。本の形をした石の階段を、照々美さんはこんどは、杖をついてのぼってゆきます。おそるおそるそのあとをついていったルウ子とサラは、おどろきと安心のために、あっと同時にさけびました。

雨ふる本屋

石段(いしだん)の頂上(ちょうじょう)には小さな木の扉(とびら)があって、あの見慣れた飾(かざ)り文字が彫(ほ)ってあります。照々美(てるてるみ)さんの肩(かた)からおりたマゼランが、ドアノブをまわしました。扉(とびら)が開き、雨の音が、みんなをむかえ入れました。

# 四　製本室の異変

ルウ子たちはたしかに、川の流れる洞窟から、本の形の石段をのぼって、扉を開けたはずなのです。ところが、扉をくぐってみると、いつもの本棚の迷路を通ってきたときと同じに、お店に入っていました。つまり、入り口があった場所はまるでべつなのに、いつもと同じ扉をくぐってきたということらしいのです。

天井につるされたラベンダー色のクジラが、いらっしゃいませを言うように、シャボン玉の潮を吹きました。クジラのそばには、天体模型やブリキの人工衛星がぶらさがり、床をおおう草は明るいエメラルド色に生き生きとしています。天井から降る雨も、しとしとと、いつもとかわらないやさしさです。

やっと〈雨ふる本屋〉へ来られたことに、ルウ子もサラもほっとしましたが、まがった木ばかりでできた本棚のむこうから、妖精使いの舞々子さんがすがたをあらわすと、ふたりはあわててそちらへかけよりました。

「舞々子さん！」

苔緑のドレスにすがりつくサラをなだめながら、舞々子さんは、巻き毛のまわりをただよう真珠つぶをゆらします。舞々子さんの妖精、シオリとセビョーシが、先が三つまたにわかれた帽子をゆらして、ルウ子たちが来たことをよろこびました。

「いらっしゃいませ、サラちゃん、ルウ子ちゃん。あら、それに——照々美！　いったいどうして、ルウ子ちゃんたちといっしょなの？」

にっこりと笑って立っている照々美さんに、舞々子さんはすっかりおどろいています。ひなぎくのドレスと、苔とクモの巣のドレス……ふたりもドレスを着た人がならぶと、お店の中はあっというまに、はなやかなふんいきになりました。

「姉さん、こんにちは。ルウ子とサラが、わたしの庭へ迷いこんでしまったの。それで、そろそろ肥料もいるころだと思って、いっしょに来たのよ」

照々美さんの説明に、ここまでだいじにかかえてきた籐のかごを、サラは背のびして舞々子さんにさしだしました。

「まあ……」

舞々子さんは、すっかりめんくらったようすで、首をかしげています。照々美さんの肩から、リスザルが小さな顔をつきだすと、シオリとセビョーシはあわてて羊皮紙のマントをひるがえし、舞々子さんのうしろへかくれました。

「姉さんが育てている砂漠桃の木には、その肥料がいいでしょう？　フルホンさんにあげたツタの葉新聞は、気に入ってもらえたかしら」

舞々子さんと照々美さんの姉妹は、ふたりだけの会話をはじめてしまいそうでしたが、ルウ子とサラには、先にたしかめておきたいことがありました。

「ねえ舞々子さん、ここへ、男の人が来なかった？　黒い上着を着てて、メガネをかけた……」

早口で言うルウ子に、舞々子さんはたそがれ色の目をまるくします。舞々子さんの瞳は、気分によって、藍色に黄金色に、美しくゆらめくのです。

「いいえ、ルウ子ちゃんたちが、きょうはじめてのお客さまよ。それよりも、まあ、ふたりとも！　きょうは、レインコートはどうしたんですの？　長靴も。これじゃあ、いくらなんでも、かぜをひいてしまうわ。さあ、とにかくこれを――」

舞々子さんは大いそぎで、鉢植えやガラス製の人形がのった小だんすのひきだしを開け、きれいにたたんだ黒いレインコートをとりだします。それに、小だんすのわきの傘立てにさしてあった、白い翼でできたきゃしゃな傘も。

ルウ子とサラ、それぞれに手わたされたのは、ふたりの空飛ぶ道具、コウモリガッパと翼の傘です。空を飛ぶのにつかいますが、もちろん、雨具としてだって役に立つのでした。

「それに、ルウ子ちゃんが持っているのは、雨にぬれてはいけないものね。こちらで、あずかっておきましょう」

舞々子さんは、コウモリガッパを着こんだルウ子から、手さげのふくろと買い物ぶくろをうけとりました。妖精たちがそれをふたりしてかかえ、本棚のむこうへはこんでゆきます。

「さあさあ、ここへおかけなさい」

舞々子さんが言うそばから、床からポコポコとキノコがはえ、椅子にちょうどの大きさになりました。照々美さんは、いちばん大きなキノコに、優雅なしぐさで腰かけましたが、白い傘をさしたサラは、せっつくように質問します。

「ヒラメキ幽霊さんは？　フルホンさんも、どこにいるの？」

いつも、お店のおくのカウンター机にいる店主のドードー鳥、フルホン氏のすがたが見あたりません。ヒラメキ幽霊とサラが呼ぶのは、〈雨ふる本屋〉ではたらく作家の幽霊です。幽霊のほうは、お店にいないのなら、きっと執筆用の部屋にこもっているのでしょう。

本が山をなし、インクつぼや文鎮やビー玉入りの晴雨計、虫メガネでごったがえすカウンター机のはしっこに、照々美さんの肥料が入ったかごを置くと、舞々子さんはほっそりとした頬に手をあてました。

「ルウ子ちゃんたちは、いったいなぜ照々美の庭へ迷いこんだの？　それに、黒い男の人って？　……お店でもいま、ふしぎなことが起きている最中ですのに、おかしなことばかりがかさなるだなんて」

「ふしぎなことって？」

目をまるくするルウ子とサラに、こまったようすでまゆをさげ、舞々子さんはうなずいてみせました。

「フルホンさんのところへ行けば、わかりますわ。フルホンさんはいま、製本室にいるんです。――照々美、肥料をどうもありがとうね。木の育ちぐあいがあまりよくなくて、心配していたところだったのよ。よければ、ようすを見てもらえないこと？」

ルウ子とサラをいざないかけながら、舞々子さんが呼びかけると、すこし疲れたのか、キノコの椅子にかけたまま、照々美さんはうなずきました。

「先にお茶を飲んでいてね。あとで、ちゃんとお菓子も用意しますから」

舞々子さんの声に応じて、お店の床から、またキノコがはえました。ひらたいかさのキノコの上には、ハチミツとねじり切りのレモンがそえられたティーカップがのっています。照々美さんが、椅子の上からにっこりと手をふりました。

カウンター机のさらにおくに、入り口とはべつの大きな木の扉があり、そのむこうの苔の廊下をぬければ、〈雨ふる本屋〉の製本室です。

苔の廊下は、飛びかう蛍によってほのかに照らされ、照々美さんにつれられて通った地下への階段に、どこかにています。が、ここはずっとせまくて、それに床もかべも、ふかふかの苔のためにやわらかいのです。甘い苔のにおいの中をくぐると、舞々子さんを先頭に、ひろびろとした部屋に出ました。

製本室は、ガラスの足場でぐるりをかこんだ、円形プールのような部屋です。床は明るく澄んだ水にみたされた湖、その上には、セロファン紙ににた花びらをひろげるスイレンの花が、いくつもいくつも浮かんでいます。

オーロラ色をした花の上に、ゼリーそっくりのうるんだ玉がのっています。とりどりの色をしたあの玉が、人間がつくりかけて、とちゅうでわすれてしまった物語たちです。〈おしまい〉の文字をもらえなかった物語たちが、ここで雨をうけ、雨の記憶で物語をつないで、〈雨ふる本〉に育ってゆくのです。

「やあ、きみたちかね」

ガラスの足場に立ち、花たちの浮かぶ湖を見つめていたドードー鳥のフルホン氏が、あいさつがわりに、ガラス製のパイプをひょいと持ちあげてみせました。ルウ子は、さっき舞々子さんが「お店でふしぎなことが起きている」と言った意味がわからなかったのですが（だって、もともとふしぎな古本屋で、なにが起きたって、あまりふしぎではないはずですから）、製本室へ来るなり、その理由がわかりました。

花々の浮かぶ水面のまん中に、ひときわ大きな花が、つぼみのまま浮かんでいるのです。

「あんな花、どこから入ってきたの？」

ルウ子がたずねました。

製本室の花たちは、ガラスの足場の下にある水路を通って、やってきます。人がわすれた夢や、書きかけたままの物語の種が集まる場所——ほっぽり森と呼ばれるところから、流れてくるのです。けれども、あんな、ひとかかえほどもある花を、しかも閉じたままのそれを、ルウ子たちは見たことがありませんでした。

ドードー鳥のフルホン氏は、うす氷のようなガラスの上に太い足でのっしりと立ち、いささか大きすぎるくちばしを、重々しくうなずかせました。

「ふむ……それが、わたしにもわからんのだ。知らぬまに、あのつぼみが入りこんでいた。しかも、ぴたりと中央にとどまって、いまのところ開くようすがないのだ。いったい、どんな物語の種をかかえているのか……」

フルホン氏は、満月メガネのおくの目をしばたたき、パイプの吸い口でおでこをかきます。

「すごーく大きなご本ができるの？」

サラがくるっと傘をまわしました。が、明るい声にも、フルホン氏の眉間のしわは消えません。全身をおおう羽毛は、きみょうなできごとを前にして、かすかな緊張をはらんでいました。

「うむ、いまの時点では、たしかなことは言えない。ただ、さまざまな文献をあたってみたところによると……とてつもなく長大な物語が生まれる可能性はある。〈雨ふる本屋〉はじまって以来の、歴史的名作が生まれる可能性が」

自分のことばに興奮して、フルホン氏は、ブルッと尾羽をふるわせました。

巨大なつぼみは、たっぷりとしたふくらみをたもったまま、水の上に浮かんでいます。それはなにかのタマゴにも見えました。なにか、とくべつなものをしっかりとかかえこんで、ひみつめいた静けさを、内側へ閉ざされた花びらの先にやどして。

「フルホンさん、お仕事中なのですが、妹の照々美が来ているんですの。ツタの葉新聞はどうだったかと、気にしています。会ってやっていただけますこと？」

舞々子さんの呼びかけに、フルホン氏の尾羽が、こんどはピョンとはねあがりました。

「なんと！　きみの妹君がかね？　ぜひお会いしよう。よい読み物をもらって、お礼の手紙を書かねばと思っていたところだったのだ」

フルホン氏はいそいそと苔の廊下へむかい、ルウ子たちも、大きなおしりのあとを追いかけました。

お店へもどる前に、ルウ子はもういちど、つぼみのままの花をふりかえりました。中に光るものをかくしているかのように、セロファン紙のつやを持つ花びらは、幾重にもあわさり、色のゆらめきを見せながら、ただ水の上でだまっていました。

## 五　ツタの葉新聞のあやしい記事

お店へつづく木の扉(とびら)を開けると、楽しそうな話し声が聞こえてきました。

「いいなあ、しっぽがあると便利(べんり)だね。ぼくもほしいなあ、だけど飛ぶとき、じゃまになっちまうかな」

入り口で、一瞬(いっしゅん)ため息とともに足を止めたフルホン氏のわきを、ルウ子はなかばおしのけてお店の中へかけこみました。

「ホシ丸くんだ！」

サラもうれしそうにさけびます。

ふりむいたホシ丸くんは、頭の上にマゼランをのせ、顔の横にたれてくる金色の尾(お)をにぎっています。

「やあ、みんないた！」

　ひたいには白い星のマーク、青い服を着ていつもはだしのホシ丸くんは、〈雨ふる本屋〉の常連客です。マゼランが、ホシ丸くんのぼさぼさ頭をつくろいはじめ、くすぐったさに、ホシ丸くんはけたけたと笑い声をあげました。

「舞々子さんの妹って、すごいね！　砂漠桃の鉢植え、ほら、もうこんなに育っちゃったよ」

　ホシ丸くんに言われて、舞々子さんは、いつも鉢を置いている本棚へ目をやりました。〈雨ふる本屋〉の本棚には、本だけでなく、人形や花や標本やアメ缶、おもしろいものならほとんどなんでも、ならんでいるのですから――ところが、もとあったところに鉢はなく、草のはえた床の上、ブリキのバケツから、天井までとどきそうにのびた木が、白い花をいまをさかりと咲きほこらせているのでした。

「もとの鉢では小さくなっちゃったので、古いバケツをつかわせてもらったの。かまわなかった？」

「ええ、もちろん……」

舞々子さんは、製本室へ行っているあいだに急成長したももの木を、あっけにとられて見あげています。シオリとセビョーシが、すっかりはしゃいで花のまわりを飛びました。砂漠桃の木は、やわらかな赤んぼうの葉をのぞかせ、淡いうすもも色を花びらにふくめて、雪のほがらかさでお店をはなやがせています。

「やあ！　照々美くん、よくぞ来てくれた。きみにもらったツタの葉新聞、じつに興味深くてね、わたしは毎日、朝夕かかさず読んでいるよ。まったく、よいものをいただいた」

フルホン氏が、のしのしと床の上を進み、照々美さんの手を軽く持ちあげます。

「よろこんでいただけて、光栄です」

照々美さんが、そっと首をかしげて頰笑みました。

「さあ、お茶にしようよ！　もう待ちきれないや」

ホシ丸くんが、その場でピョンピョンとジャンプしました。ホシ丸くんがここへやってくるおめあては、舞々子さんのお茶とお菓子ときまっていて、本を手にとったことなど、いちどとしてないのです。

「ええ、もちろん、そうしましょう。ところでホシ丸くん、遠くまで出かけていたのじゃなかったの？　こんなにはやくお店へ来るなんて、思っていなかったわ」

照々美さんのティーカップがのっていたテーブルキノコがみるみる大きくなり、ドレスのたもとからテーブルクロスをたぐりだしながら、舞々子さんがたずねました。すると、ホシ丸くんが舌を出し、照々美さんがくすっと吹きだしました。

「姉さん、あそこにかけてある星の飾りは、なんなの？　とつぜん赤く光るものだから、ひっぱってみたら、ホシ丸くんがお店へころげ落ちてきたのよ」

天井からさげられている、ひときわ大きな星の飾りは、いつだったかに舞々子さんがとりつけた、〈安全の星〉でした。あっちこっちで冒険遊びをしているホシ丸くんに、万が一の危険がせまったとき、赤く光って知らせるのです。そのときに、あの星をひっぱると、たちどころにホシ丸くんをお店へ呼びよせることができるのでした。

　テーブルクロスをひろげながら、舞々子さんは目じりをひきつらせています。

「まあ！　ホシ丸くんったら、けがはないのでしょうね？」

「ちょっと、ヨロイワニの迷路屋敷を見に行ってただけさ。床にびっしりタマゴがあったから、ワニのやつ、気が立ってたんだ」

　せっかくみごとに咲いたももの花を見あげず、舞々子さんがうなだれるのもしかたがないと、ルウ子は思いました。ヨロイワニというのはどんなだか、聞いてみたい気持ちもありますが、それはあとです。

「姉さんたら、心配をしすぎるのよ。そんなに世話を焼いちゃ、ホシ丸くんが自由に冒険できないわ」

　テーブルキノコのまわりに、人数ぶんのキノコの椅子があらたにはえます。舞々子さんの表情がくもるのとは正反対に、テーブルの上は瞬時にして、明るくにぎわいました。水色のテーブルクロスの上では、花びらをかたどったうすもも色の刺繍が、ほろほろと舞う花びらと同じに、たえずゆれ動いています。
宵むらさきの紅茶、花びらと見まごううすい焼き菓子、タマゴの殻をわると出てくるプリン、かりっと揚がったねじりポテト、キャンディの鳥かごに閉じこめられたいろんな味のアイスクリーム……

「さあ、とにもかくにも、お茶にしましょう」

ルウ子とサラは、きゅうに、どっと空腹を感じました。市立図書館でのおかしなできごとから、照々美さんの庭、そしておそろしい地底の通路をぬけて……もう長らく、食べものにありついていなかった気分に襲われ、ホシ丸くんをあいだにはさんで座ると、夢中でお菓子をほおばりました。マゼランは、テーブルのまん中にくだものの器を見つけると、ホシ丸くんの頭からとびおり、テーブルの上にじかに座って食べはじめました。

お行儀がいいとは言えないサルを、フルホン氏はとくにとがめず、カウンター机の上から、小ぶりな鉢植えをはこんできました。テーブルの上にのせられたそれは、ルウ子たちもよく見かける、ツタの鉢植えです。

「照々美くんからもらった新聞だ。見たまえ、葉の一枚一枚に、すきまの世界各地で起こったできごとについての記事が書かれてあるのだ。葉っぱは毎日あたらしく生まれてくるからして、いつでも最新のニュースが読めるというわけだ」

フルホン氏に言われて、顔を近づけてみると、ほんとうに、緑の葉の葉脈にそって、こまかな文字がくねくねとならんでいます。大きな葉っぱには、読みやすい活字が。まだ若い葉っぱには、虫メガネでないと見えないほどの小さな文字が……

「ニュースって、たとえば？」

ホシ丸くんが首をつきだし、興味しんしんにたずねました。本には見むきもしなくても、おもしろそうなニュースは気になるようです。

「うむ。近ごろ世間をさわがせているのは、〝影の男〟だ」

ルウ子とサラは、市立図書館でのおかしなできごとをフルホン氏に話すきっかけを、なかなか見つけられません。

「この〝影の男〟というのは、すきまの世界のあちらこちらにあらわれては、煙のごとく消えてしまうという、黒づくめの男だよ。すがたを消すとき、その場にあったなにかが、いっしょに消えていることが多々あるらしい。神出鬼没の、なぞの存在なのだ」

お茶をつぐ舞々子さんが、心配そうにまゆをよせているのも気にしないで、ホシ丸くんが目をかがやかせます。

「それって、怪盗とか、大どろぼうってこと？」

「いや、それはわからん。一刻もはやく、調査が待たれるところだが……」

〝影の男〟。黒づくめの、男の人――ルウ子は、お茶のカップをカチャンと鳴らして、立ちあがっていました。

「あたしたち、その〝影の男〟を、見たかもしれない！」

「なんですって？」

舞々子さんも、フルホン氏も、目をみはります。

「市立図書館で、あたしたちみたいに、カタツムリをつれて消えた人を見たの。まっ黒な服を着てて、あたしたち、追いかけたんだけど、本棚(ほんだな)の迷路(めいろ)でぶつかりそうになって……それで、サラとふたりでころんだ拍子(ひょうし)に、なんでだか、照々美(てるてるみ)さんのお庭へ入っちゃったの。〈雨ふる本屋〉へ来ないで」

照々美(てるてるみ)さんに、舞々子(まいまいこ)さんに、そしてフルホン氏に、これで三度めの説明(せつめい)でした。

フルホン氏は、おどろきにことばをうしない、くちばしを翼(つばさ)で磨(みが)きながら、考えこみました。

「けれど、その黒い男の人というのも、お店へは来ていないのですわ」

舞々子(まいまいこ)さんも、思案(しあん)げに首をかしげます。みんなが話す最中(さいちゅう)も、照々美(てるてるみ)さんは姿(し)勢(せい)よく座ってお茶を飲み、帽子(ぼうし)のつばでは、真珠色(しんじゅいろ)の蝶(ちょう)が、ゆっくりと翅(はね)を閉じたり開いたりしています。静かで美しい、まるで花がたたずんでいるかのようです。

「サラのカタツムリもね、いなくなっちゃったのよ」

サラが、くちびるをつきだします。だいじなカタツムリをうしなったことを思いだして、サラの目は泣きそうにうるみだしました。

「さがしに行こうよ！」

つかめるだけのお菓子を口につめこんで、ホシ丸くんがいせいよく立ちあがりました。つめこみすぎたお菓子を、無理やりに飲みくだすと、ホシ丸くんは椅子の上にのぼります。

「そいつがぜったいに、大どろぼうだよ！　すきまの世界のあちこちで、宝石や金貨を盗んでいくんだ。サラのカタツムリだって、そいつがとっちゃったのかもしれないぜ。ぼくたちで、つかまえようよ！」

「だけど、どこに行ったのか、わからないのよ」

ルウ子は、お菓子のくずだらけのホシ丸くんの顔を見あげました。

「ほっぽり森はどう？」

ホシ丸くんはケロリと言って、服のそでで口のまわりをふきます。

「ブンリルーにも知らせようよ。仲間は多いほうがいい」

「ねえ、ヒラメキ幽霊さんは？　仲間はずれにしちゃ、いやよ」

サラがおでこでくくった前髪をゆらし、みんなの顔を見あげます。

するとフルホン氏が、「ウォッホン！」と大げさなせきばらいをしました。

「幽霊くんなら、しばらくは、そっとしておいてくれたまえ。創作上の苦悶から、執筆室に閉じこもっているのだ。作家には、そういう期間も必要なのだよ」

フルホン氏のことばに、サラはなっとくがいかないようでしたが、ホシ丸くんがぐいぐい背中をおすので、しかたなしにキノコの椅子からおりました。

「ほら、サラのゾウで行くんだよ！」

「ホシ丸くん！　ルウ子ちゃんやサラちゃんを、危険に巻きこんではだめよ」

舞々子さんが、巻き毛のまわりの真珠つぶをゆらします。だいじょうぶ、とこたえるかわりに、ホシ丸くんはルウ子とサラの肩をおしながら、ピューイ、と口笛を吹いてみせました。

# 六　ほっぽり森へ

　ガラスでできたゾウの背中は、透明な中に、青やうすももや黄色の光のかけらを明るくゆらめかせています。それは、製本室で見たあの大きなつぼみと、まったくにていました。ルウ子とサラをのせて空を飛んでいるゾウは、さっきまで本棚に飾られていた置き物です。

　まわりはすっかり明るく青い空で、夢見ごこちに浮かんでいる綿菓子みたいな雲に、つぎつぎと流星がぶつかってははじけます。ほっぽり森へむかうための、サラの想像力――フルホン氏は〈夢の力〉ということばをつかいます――が生みだした通り道でした。サラが想像したとたん、ゾウはほんものと同じ大きさになり、ルウ子たちをお店からつれだしたのです。

ホシ丸くんは、ルリ色の小鳥のすがたに変身して、ゾウにのったルウ子たちのわきをパタパタと飛んでいました。

「ほっぽり森へ行ったからって、〝影の男〟が見つかるかしら？　ホシ丸くん、あたしもサラも、夕飯までには帰らなきゃならないのよ」

ルウ子は、思いっきりまゆをよせました。ピロリ、ホシ丸くんがルウ子をからかってさえずります。

「ごはんの時間を気にする冒険家が、あるもんか！　それに、ルウ子たちはどうしたって、〝影の男〟を見つけなきゃならないよ。サラのカタツムリだって、そいつが持ってっちゃったかもしれないだろ。カタツムリを持たずに帰ったりなんかしたら、いいかい、ルウ子たちはもう、〈雨ふる本屋〉へ来られなくなっちゃうんだよ」

そのことばに、ルウ子もサラも、はっと息を飲みました。たしかに、本棚の迷路の案内役は、どんなカタツムリでもいいというわけではありません。サラのカタツムリは、ルウ子がふしぎな品物を商う七宝屋で手に入れた、とくべつなものです。

あの黒い上着の男の人は、花壇のカタツムリを案内役にして、すきまの世界へ入ったようでしたが……

「お姉ちゃん、行こうよ」

ゾウの鼻先は迷わず前へむかっているのに、サラが不安そうにルウ子を見あげました。ルウ子は、うなずかないわけにはいきません。

「……わかったわ。なんとか、あの男の人をさがしましょう。ほら、もう森へ着くみたい」

ガラスのゾウの飛行はなめらかに止まり、それと同時にゾウのすがたも消えて、ルウ子とサラの足は浅い水の上に立っていました。前方には乳白色のほのかに光る木々が、まっ黒な空を背後に、ふくざつなレースもようを描いています。地面をすっかり水でみたし、静けさと暗闇とほのかな光でできた森——ここがほっぽり森です。

「わあん」

サラが、悲鳴をあげました。長靴をはいていないせいで、あっというまに、ふたりの足に水がしみてきます。

「飛べばいいんだよ」

ホシ丸くんが、さえずり声で笑います。はばたきまわる小鳥にならって、サラは傘をかかげてふわりと浮かび、ルウ子は黒いカッパの背から、コウモリの翼をはやしました。

静けさにつつまれたほっぽり森を、三人はそうして飛んでゆきました。

この森は、いつも夜です。すりガラスの手ざわりをした、乳白色の木々が、内側からほんのりと光をはなって、それが暗闇をやわらげています。地面をおおう水は、あるところはまっ暗に沈黙し、またあるところは、色とりどりのゼリー玉をしずめて、かすかな光をやどしています。赤やむらさきや青、緑色にうるうるとゆれているあのゼリーの玉こそが、人が見おわった夢や、〈おしまい〉を書かないままにわすれてしまった、迷子の物語たちです。人間が見たっきりわすれた夢や、つくりかけてとちゅうで捨ててしまった物語は、すきまの世界の、このほっぽり森へ集まってくるのです。

「いたわ、あそこ！」

コウモリの翼で飛びながら、ルウ子が前方を指さしました。

白黒もようの体の、ほっぽり森のバクが、むこうの木の間に立っています。その背中の上に、ひとりの女の子が座って、ひざにかかえた本に顔をうずめていました。バクとそろいの、白黒じまの帽子をかぶった頭は、ルウ子たちの呼ぶ声にひっぱられて、しごくゆっくりとあげられました。

「おーい、ブンリルー！」

ホシ丸くんが翼をひらめかせたそのとき、鼻つらを水につっこんで、夢のゼリー玉を食べていたバクが、とつぜん顔をあげました。ピカリと凶暴に目を光らせて、こちらへ突進しようとするものですから、ブンリルーはおしりをはずませ、あやうくなげだされてしまうところでした。

「だめ！　ホシ丸くんを食べちゃいけないって、もう五十ぺんも言ったわ。暴れるのはやめなさい」

本をしっかりとつかんだまま、ブンリルーがバクの首すじをたたいてなだめます。三つ編みがゆれ、本に集中していた目が、きびしくバクをにらみました。ほっぽり森で、バクとふたりですんでいるこの女の子は、ルウ子たちの友達です。

ブンリルーにたしなめられ、バクはまのびした顔に、小さな目玉だけはぎらぎらさせて、獲物を追うのをやめました。興奮したまま、ブンリルーを落とさないよう、背中をまるめます。

バクが落ちつくなり、軽く息をつき、ブンリルーはすぐまた本のつづきにもどろうとします。本の虫である友達に、ルウ子はあわてて話しかけました。

「ブンリルー、またあたらしい本を読んでるの？　ねえ、ここへ、黒い上着の男の人が来なかった？　あたしたち、その人をさがしてるの。サラのカタツムリを、その人が持ってるかもしれないのよ」

ルウ子が大きな声で言うのに、ブンリルーは三つ編みのおさげを本の上にたらしたまま、文字を追うのに夢中です。ホシ丸くんは、ルウ子の頭の上にとまると、やれやれといったようすで首をまわしました。

「ブンリルーお姉ちゃん、もしあの人がここへ来てても、気づかないかもしれないよ」

サラがまゆを八の字にします。たしかにこの調子では、森をだれかが歩いていったとしても、気がつきようがないでしょう。

白黒じまの帽子とスカート、ルウ子と同じくらいの背たけのブンリルーは、いつもおさげ髪をページにたらして、本を読んでいるのです。……以前には、魔法の力を持つペンをにぎって、すきまの世界じゅうを飛びまわっていたのでしたが。

「待って、もうすぐしおりをはさむから……この段落がおわるまで……はい、読めたわ」

舞々子さんの妖精がつくった、虫の翅をつぎあわせたしおりをはさみ、ブンリルーは本を閉じました。ルウ子たちと同じ、あかね色の頬に、日なたの泥の色をした目のブンリルーは、かすかに首をかしげて、あっさりとこう言いました。

「黒い上着の男の人なら、よくここを通ってくわよ。どこに行くのかは知らないけど、ときどきふっとあらわれて、そしてどこかへ行っちゃうの」

「ええっ！」

ルウ子とサラの声がかさなりました。

「そいつだよ！　〝影の男〟っていって、大どろぼうなんだ。ぼくたち、そいつを追っかけなきゃ。どっちへ行ったかわかればなあ」

くるんととんぼがえりを打ち、ホシ丸くんが男の子のすがたになって、ぼりぼりとじれったそうに頭をかきました。はだしのホシ丸くんは、森の水に足がぬれるのなんておかまいなしです。

近くへ来たホシ丸くんに、バクが鼻息を荒くしました。青い鳥で希望のいちばん星、人間の夢そのものであるホシ丸くんは、バクがひと口食べてみたいとねらってやまない、あこがれの獲物なのです。

「大どろぼうかどうかは、まだわからないけど……ねえブンリルー、その人がどっちへ行ったか、ちょっとでもわからない？　カタツムリをとりかえさないと、あたしたち、〈雨ふる本屋〉へ来られなくなっちゃうの」

どこかぼんやりした顔のまま、ブンリルーは、ますます首をかしげます。指が本の表紙のはしっこをいじり、はやくつづきを読みたがっているのがわかりました。

「ルウ子たちに会えなくなっちゃうのは、やだな」

ひとりごちるように、ブンリルーが言いました。そうして、バクの背中からするりとおしりをすべらせると、黒いゴム長靴をはいた足で、水たまりの地面におり立ちました。

「あたしも、いっしょにさがす。ルウ子とサラは、その人のすがたを見たんでしょ？それなら、うんとこまかく想像すれば、その人のいるところへ行けるんじゃないかしら？」

その提案に、ルウ子もサラも目をみはり、顔を見あわせました。ホシ丸くんが、ポンと手を打ち鳴らします。

「なるほど、そうか！」

そこでルウ子たち姉妹は、視線をななめ上にただよわせ、市立図書館で見かけた男の人のすがたを、思い描きました。――黒い上着には、大きな衿がついていました――メガネをかけていて、たしかメガネのふちも、黒でした――髪の毛は、ゆったりうしろへなでつけてあって、それから……

「おひげがはえてた」

サラがそうことばにしたとたん、〈夢の力〉がはたらきました。

ルウ子たち四人は、いきおいよくなげられたゴムまりのようにして、ほっぽり森の景色の中から、はじきとばされたのです。とにもかくにも、どこかへむかって。

# 七　ビィドロビン坂

はっとつぎの息をすったときには、ルウ子たちはもう、ほっぽり森とはまるでべつの場所にいました。ルウ子とサラの空飛ぶ道具はひとりでに翼を閉じ、ホシ丸くんとブンリルーの足も、かたい地面をふんでいます。

ほっぽり森のほの暗さに慣れていた目が、無数の反射にさらされて、チカチカします。くらんだ目をしばたたいて、見まわしてみると、あたりはガラスだらけです。指先でつまみあげられるものから、ラムネのビンと同じもの、大きな一升ビン、ルウ子たちが中に入れそうなものや、見あげなければならないものまで——さまざまな大きさ、いろんな種類と形のビンが、どこまでもならんでいるのです。やせっぽちのビンもあれば、太っちょのビンもあります。まるでそこは、ビンの見本市、ビンでできた並木道で、ルウ子たちはビー玉で舗装された道のまん中、明るくまぶしい静けさのただ中に、立っているのでした。

道はくねりながら、坂になって、ビンの並木のあいだをつづいています。

「どこだろう、〝影の男〟は？」

ホシ丸くんが、背のびして人影をさがします。

ところが、おかしいのです。ルウ子もサラも、市立図書館で見た男の人のすがたを、しっかりと思い浮かべたはずなのに、その人はどこにも見あたりません。

透明のもの、ラムネ色、コーヒー色、レモン色にこはく色……透きとおったガラスビンのむこうに、黒い上着すがたがうつるのではと、みんなは目をこらしましたが、それらしい影は、どこにも見つけられませんでした。とにかく歩いてみたほうがよさそうだと、ルウ子たちはホシ丸くんを先頭に、坂道をのぼってゆきました。

からっぽのものもありましたが、ビンには、いろんなものが入っていました。キャンディや生きた金魚、切手やぬいぐるみが入っているものもありますが、いち

ばん多いのは、花が生けられたビンです。つまみあげられるほどの小ビンにも、中で泳げるほどの大ビンにも、たっぷりの新鮮な水に、いちばんよいときの花が切りとられ、とりどりのすがたで咲いています。

「照々美さんのお庭みたい……」

ルウ子のもらした声に、しおりをはさんだページを開きかけていたブンリルーが、ふりむきました。

「だあれ、それ？」

「舞々子さんの、妹なの。あたしたち、〝影の男〟……市立図書館にいた黒づくめの人を追いかけてたら、〈雨ふる本屋〉じゃなく、照々美さんのお庭へ入っちゃったのよ」

「それでね、お庭の中で、おっきくなったり、ちっちゃくなったりしたの！　お花も、サラとお姉ちゃんも」

サラが、身ぶりをまじえてつけくわえます。ふぅん、とうなずくブンリルーは、もう照々美さんへの興味をうしなって、かかえた本の表紙のかどで、指先をじりじりさせています。ルウ子は、肩をすくめました。魔法の力をうしなってから、ブンリルーは、物語を読むことを生きがいにしているのです。それはまったくよいことではあるものの、もともとうわの空だったブンリルーは、ますますぼんやりとして、いつ会っても本に顔をうずめているのでした。

「ちょっと、空から見てくるよ」

言うがはやいか、ホシ丸くんが小鳥に変身し、飛びたちました。そのまま、高く飛びさります。

ルウ子とサラとブンリルーは、数々のビンにはさまれたビー玉道を、とにかくたどってゆきました。空はふしぎなぐあいに、白く明るく晴れています。太陽があるようにも、雲があるようにも見えません。ビンたちの上の空は、ただのっぺりとして、白いばかりなのです。ビンたちは静かに整列し、道ばかりがくねって、生けられた花はそよともゆらぎません。と――

〈ビィドロビン坂あて〉

銀色の印字のあるカードが、花束にひっかかっているのが目に入りました。ちょうど、ルウ子やブンリルーと同じ背たけのビンにさされた、あじさいの細い茎のところです。ルウ子は背のびをして、そのカードに手をのばしました。ひろげた新聞紙ほどもあるカードを裏がえしてみると、そこにはえんぴつの文字で、こう書かれています。

〈はやくよくなってね。〉

「……ビィドロビン坂って、きっと、この坂の名前ね」

のばしていた手をカードからはなし、ルウ子は言いました。

「あっ、こっちにもある！」

サラがかがんで、金魚鉢のようなまるみのあるビンに入った、矢車草をのぞきこみます。そこにも同じカードがあり（大きさはちがいますが、四角い白の紙に、銀の文字で坂の名が書かれています）、裏には、こう書いてありました。

〈元気がでますように。〉

見れば、あちらにも、そちらにも……〈ビィドロビン坂あて〉と記されたカードが、花の茎にそえられています。

「みんな、お見舞いの花なのかしら」

ブンリルーが、見わたしながら言いました。そうかもしれません。〈がんばってね。〉〈おかげんはどうですか？〉〈また遊びたいです。〉……カードの裏には、どれも、はげましや気づかいのことばが書かれています。それに、キャンディやグミの入ったビンと同じかと思っていたいくつかは、お薬が入ったものにも見えます。

「だれか、ご病気なのかなあ」

しょっちゅう、かぜをひいたりおなかをこわすサラは、自分が熱を出したときのことを思いだすのか、たたんだ傘をにぎりしめ、そわそわと足ぶみをしました。

ルウ子は、無言のまま空にそびえるビンたちを、あおぎ見ました。

「なんだか、へんな感じ……すきまの世界なのに、半分、そうじゃないみたいな……」

どこがどうちがうかと問われれば、こたえられませんが、なんだかここは、おかしな場所です。読んでいた本の中に一ページだけあらわれた、手ざわりのちがう紙のような……

「うん。ここ、ふつうのすきまの世界じゃないわ」

ぼんやりとあたりを見まわして、ブンリルーがそう言いました。

「……なんだか、さびしそう」

静まりかえったビンの林を見あげて、サラが不安げに、胸からことばをたぐりだしました。

さびしそう、そのことばは、この場所にぴったりでした。静まりかえり、透きとおり、花たちはどれもいっとうきれいなすがたをして……キャンディも、ぬいぐるみも、お見舞いのカードも――贈りものはたくさんあるのに、ここには、だれもいないのです。かすかな風すらなく、ここでは、時間までもが息をつめているのです。

と、そのとき上空から、ピルルル！　とかんだかいさえずりがひびきました。

「こっちだ！」

白い空に、ホシ丸くんのルリ色の翼がはばたき、こちらを見おろしています。ルウ子とサラは、それぞれ背中の翼と、傘をひろげようとしました。が……

「お嬢さんがたは、こっちにいらっしゃい」

低い声がはうように、ルウ子たちをふりむかせたのです。

# 八　紙きれと風の告げたこと

坂にはさまざまな色のビンがありますが、そこはたまたま、茶色や濃いむらさきのビンばかりが集まって、うす暗がりをつくっている場所でした。ルウ子たちに声をかけただれかは、その暗がりになかばかくれて、こちらをうかがっているのでした。

もとはリンゴだかが入っていた木箱を裏がえしに置いて、机のかわりにしています。机にひじをついてこちらを見ているのは、いやにしわがよった頭巾をかぶり、同じくしわとこまかなもようにびっしりとうめつくされた服を着た人物です。身につけているものが、なぜそんなにしわだらけかというと、頭巾も衣服も、みな新聞紙でできているからなのでした。まるい顔には、べっとりと化粧をしていて、道化じみた化粧（けしょう）のために、その人が男か女かわかりません。

サラが、いそいでルウ子とブンリルーのうしろにかくれました。

「こわがりなさるな。ここでうらないをしておりますが、お嬢（じょう）さんがたも、未来をそれぞれいかがです」

新聞紙の衣服（いふく）をまとった人物は、リンゴ箱の上にたばで置かれた新聞紙をなでさすります。真夜中（まよなか）の冷蔵庫（れいぞうこ）ににた、くぐもった声でした。サラも、ブンリルーもだまっているので（サラは、知らない人をこわがっているためですし、ブンリルーは、本のつづきのことに頭をすっかりうけわたしているせいです）、しかたなくルウ子が返事をしました。

「いいえ、うらないはいらないわ。あたしたち、いそいで友達のところへ行かなきゃならないの」

空を見あげると、黒い服の男の人を見つけたらしいホシ丸くんは、ひとりで追跡（ついせき）をはじめたのか、どこにもすがたが見えません。

「ブンリルーは、サラと手をつないで飛んで。――それじゃ、さよなら」

ルウ子がカッパの背からコウモリの翼をひろげ、ひざに力をこめたときでした。

「カタツムリなら、博物館で見つかりましょう」

低い、聞きとりにくい声が、そう言ったのです。翼をたたんで、ルウ子はうらない師の顔を見ました。

「カタツムリって、サラの巻き貝のカタツムリのこと？」

するとうらない師は、小さな糸切りバサミをつかって、器用に、新聞紙からカタツムリを切りぬいてみせました。あんなに細い触角を、いったいどうすれば切りぬけるのでしょう。うらない師は、ケシの花よりなお赤いくちびるでニィと笑い、うなずきました。

「博物館って、どこにあるの？」

たずねてからルウ子は、そういえば照々美さんが、ときどきは博物館の館長もつとめるのだ……そう言っていたのを思いだしました。

MAGIC
PREDICTION
RAIN
SNAIL
MUSEUM!

つま紅と指環がてらてら光るうらない師の手は、ハサミをあやつり、つぎのなにかを切りだしています。

「見つかるまでには、けれど、時間がかかりましょう。王国が目をさますから。夢見た者が、この世界へやってきたから……」

ハサミの刃によって新聞紙は変身し、うつむきがちに歩く人物と、オオカミの群れ、おびただしい蝶ちょに森、月、竜、背高のっぽの屋敷、お城、ドーム状につながった星……あとからあとから、ふしぎな切り絵が生まれてゆきます。

（夢見た者……？）

うらない師が言うのは、ひょっとすると、あの男の人のことでしょうか。けれど、ルウ子の頭の中に、いやにそのことばがひっかかりました。どこかで、そのことばを聞いた気がするのです。どこだったか、なにか、だいじな場所で……

「ビヂュン！」

上空から、小鳥の声が呼びました。すっかり怒ったホシ丸くんが、ルウ子たちを見おろしながら、さかんにはばたきまわっています。

「なにしてるのさ、みんな！　ぼく、うんと追っかけたんだよ、〝影の男〟を。ルウ子たちが来ないもんだから、気になってふりかえったとたんに、逃げられちゃったじゃないか」

「ご、ごめんね、ホシ丸くん！」

ルウ子はあわててさけびかえし、サラは上へむかって、傘をふりまわします。

「ホシ丸くん、サラのカタツムリね、博物館にいるんだって！」

「博物館？」

ルリ色の小鳥ははばたきながら、いぶかしげな声をあげます。きっと、照々美さんの——そう説明するため、声を張りあげようとしたルウ子は、カサカサと紙のたてる音に、ふりむきました。

色ガラスのビンたちのかげで、いま切りだされた切り絵たちが、ひとりでに動いているのです。うすっぺらな紙でこしらえられた、蝶ちょだのけものだの風船だのが、カサコソ、輪を描いて、リンゴ箱の上で、無言のおどりをおどっているのです。新聞紙の衣服をまとったうらない師は、化粧のおくの、たれた、黄ばんだ目で、動きまわる紙たちを見つめ、言いました。

「……にぎやかなことでしょうよ。王国が目をさましたならば。すきまの世界に、もはや、あらたなすきまはなくなるやもしれません……」

のどのおくに、かすかな笑いをくぐもらせ、うらない師は両手をひろげると、箱の上でおどりまわる切り絵たちを、くしゃくしゃにまるめてつぶしてしまいました。ルウ子たちがおどろいて見ていると、こんどは自分が身につけている頭巾や、服をまるめにかかり、しわくちゃにまるまってゆく新聞紙の中に、うらない師の体もいっしょくたにまるめこまれてゆきました。うらない師のすがたは、紙といっしょにどんどん縮み、とうとう、ただの新聞紙の玉になってしまうと、リンゴ箱がカタンとひとつゆれ、紙くずはその中へかくされました。

ビンの林のかげに、いまはもう、古びたリンゴ箱があるきりです。

「………」

ルウ子たちは三人とも、口をききませんでした。コウモリガッパのすそをつかむ手から、サラも、ルウ子と同じぶきみな不安を感じているのが伝わってきます。ブンリルーはというと、まばたきもせず、けれどおどろいてもいないようすで、うらない師がいた場所をじっと見つめています。

「なんだったのかしら、いまの……王国って、なんのこと？」

背中にのりかかるつめたさを追いはらおうと、つぶやくルウ子の肩に、しびれを切らしたホシ丸くんが舞いおりてきました。

「王さまが、どうしたって？」

空を飛んできたホシ丸くんの羽毛からは、こうばしいにおいがします。

「ねえ、とにかく、〝影の男〟を追いかけようよ。ルウ子とサラ、またさっきみたいに、やつのことを想像して」

「無理よ」

ブンリルーが、あっさりと首をふりました。

「ここは、ほっぽり森じゃないもの。すきまの世界の中だって、人間の想像力と深くかかわる場所でないと、〈夢の力〉はつかえないのよ」

くるっととんぼがえりを打って、ホシ丸くんは人間の男の子のすがたになり、みんなの中に立ちました。

「だけど、それじゃ、〝影の男〟はどうするんだい？」

「ねえ、それより、博物館よ！」

サラが、背のびしてうったえます。ホシ丸くんは、くちびるを大きくまげて、ぼさぼさ頭をかきました。

「しょうがないなあ。そんなら、もいちど、ほっぽり森か〈雨ふる本屋〉へ帰らなきゃ——」

ホシ丸くんが、言いおわる前でした。

プゥー、とどこかで音がして、ルウ子たちの上に、とつじょ、影がさしたのです。

見あげると、月ほどもあるうす緑の風船が、空に浮かんでいます。どこから、あんな巨大なものがあらわれたのでしょう。

変化はつぎつぎ起こりました。坂道を舗装しているビー玉が、ふくらみはじめたのです。ビー玉たちは、青やねじりじま、ピンクやむらさきやマーブルもようの風船になって、地面をはなれてどんどん浮かびあがってゆきます。

坂道に立っていたルウ子たちは、気球のような風船に足もとをすくわれて、もんどりうってころげ、空へ持ちあげられてゆきました。それぞれに、空を飛んで風船から逃れればよかったのですが、風船たちがたがいにおしくらまんじゅうをするせいで、おしつぶされ、羽や足をはさまれて、飛びたつことができません。風船にすがりついているのが、やっとです。

きっと、遠くから見れば、風船の群れがふわりと空へのぼってゆく、のどかなながめだったでしょう。が、そのさなかにいるルウ子たちにとっては、風船たちに自由をうばわれ、急速度で上昇してゆく、身の毛もよだつ瞬間です。おなかの中身だけ、地べたに置きわすれてきたようで、目をまわさずにいるほうが、無理というものでした。

「手をつかんで！」

ホシ丸くんが、さけびました。巨大な風船どうしに首まで飲みこまれながら、ルウ子は必死でうでをのばしました。つかんだのが、だれの手なのかはわかりませんが、とにかくだれかと手をつなぎ、耳をつんざいている悲鳴が自分のものなのかサラのものなのかもわからないまま、風船たちに高く高く、空へはこばれてゆきました。

上昇が止まったのは、いったいどれほどたったころでしょう。

猛スピードでの上昇が止まり、ぎゅうぎゅうづめに集まっていた風船たちが、ふわりとたがいにおしあうのをやめました。おしくらまんじゅうからはなたれて、ルウ子ははあっと、息つぎをします。

「お姉ちゃあん」

べそかき声で、サラがつないでいる手をひっぱりました。どうやらルウ子の手は、サラの手をつかまえていたようです。サラの反対側の手、たたんだ翼の傘をにぎっているほうは、ホシ丸くんがつかまえていました。

「ひゃあ、すっごかったね！」

さっきまで、〝影の男〟を見うしなって腹を立てていたことなんてケロリとわすれて、ホシ丸くんが頰をかがやかせます。ルウ子は、あいているほうの手を風船の上について、起きあがろうとしました。と——その手がなにもつかんでいないのに気づいて、ぎょっとしました。

「ブンリルー？」

あわてて、風船たちのあいだへ視線をめぐらせます。もし、落っこちでもしていたら、たいへんです——ブンリルーは、飛べないのですから！

ところが、目じりをひきつらせるルウ子に、ぽぉんと風船をなげかえす軽やかさで、返事がありました。

「ここよ。よかった、本が落ちなくて」

すぐとなりの、うすもも色の風船の上に座ったブンリルーが、いたわしげに本の表紙をなでています。ルウ子は、ほうっとため息をつきました。

「どこまでのぼったかな?」

ホシ丸くんが、立ちあがっておでこに手をかざします。立ちあがりざまに、ポンとジャンプするものですから、ルウ子とサラものっているヒヨコ色の風船は、トランポリンよろしくゆれました。

「やめてよう、ホシ丸くん」

サラは、いまにも泣きそうにうったえます。それを無視して、ホシ丸くんは風船たちのむこうを見晴るかそうとしましたが、ここがどのあたりか、地上はどうなっているか、たしかめることはできないようでした。風船たちの密集はほどけたものの、おびただしい群れはばらけることなく、ルウ子たちの視界をさえぎって、空中をただよっているのです。

「なにが起こってるのかしら。さっきの、どういう意味だと思う？　王国が目をさます、って……」

「それって、なんだい？」

　首をかしげるホシ丸くんに、ルウ子は、ビンの坂にいたうらない師(し)のことを話しました。そのあいだに、サラは翼(つばさ)の傘(かさ)を開いて、ふわりと浮(う)きあがり、となりの風船からブンリルーをつれてきます。

「うぅん、それじゃ、〝影(かげ)の男〟は、どろぼうじゃなくて、王さまなのかなあ。だけど、王さまがものを盗(ぬす)んだりするかい？」

　ホシ丸くんは、うでぐみをして考えこみます。ルウ子は、両の手をふりました。

「あのね、どろぼうっていうのは、ホシ丸くんが思いついただけでしょ。王さまっていうのだって。うらない師(し)は、こう言ったのよ、〝夢見た者〟って」

　とたんに、冬の夜空の色をしたホシ丸くんの目が、くるりとまるく見開かれました。おでこの白い星マークを指でおさえながら、まゆをまげます。

「夢見た者？　夢見た者って、それって……」

ホシ丸くんが、なにかだいじな考えをめぐらせかけた、そのときでした。

「……重すぎる。バルーニウムには、おまえたちは」

うたうような高い声が、こちらへかけられたのです。ひゅうひゅうと、四方から風が吹いてきました。ルウ子たちののった風船が、あぶなっかしくゆれます。

「どこから来た？　王国の者では」

「ない。おまえたちは、どこから」

「来たのだ？　重すぎる。空を」

「飛ばないのなら、バルーニウムには」

「置くわけにはゆかない」

いくつもの声は、風の中から聞こえてきます。風船の群れをゆらしながら、吹き集まってくる風たち。その中に、うっすらと透けた顔があるのに、ふたたび風船にしがみついたルウ子たちは気がつきました。人の顔にも、けものの顔にも見えます。あらわれては消え、またあらわれる風の顔たちが、口々にしゃべっているのです。

まばたきのあいだに消えてしまいそうな、淡い影でしかない風の顔は、一瞬たりともじっとせず、ルウ子たちのまわりをぐるぐると吹きめぐります。

「ま、待って！」

風たちにむかって、ルウ子はさけびました。

「あたしたち、飛べるの。だから、じゃまならすぐに飛んでいくわ。でもその前に、教えて。王国って、いったいなんのこと？」

その問いに、風たちはいっそう、吹きめぐる速度をあげました。風船たちが、風におされるがまま、空中でぐらつきます。うっすらとした顔があらわれてはまた消え、ひとつとして、その顔立ちをとらえることができません。

「王国は夢見られ」

「長らく、すきまの世界に根を張っていた。だが」

「夢見た主（あるじ）がもどったために」

「息を吹（ふ）きかえしたのだ。このバルーニウムも」

「王国の一部。王国は」

「すきまの世界のなににもまして、強く、長く」

「夢見られたもの。目をさます」

「いま、夢見た主（あるじ）がもどったために、王国が」

「目をさます。かなめの柱（はしら）のたりぬまま」

「いまに、すきまの世界を」

「飲みつくし、王国が」

「氾濫（はんらん）する」


そのときサラが、あっと声をあげました。風たちに髪（かみ）の毛（け）をなぶられながらも、ルウ子がサラの視線（しせん）の先を追うと、もっと上、マーブルもようの風船の上に、人が立っているのが見えました。

「あの人――！」
　黒い上着にメガネをかけた、市立図書館でルウ子たちが追った、あの人です。男の人は、ズボンのポケットに手をつっこんだまま、どこか遠くのほうを見やって、風船の上にまっすぐ立っています。あの人も、空飛ぶ道具を持っているのでしょうか？

「〝影の男〟だ！」

　言うがはやいか、ホシ丸くんが、服の背中から大きく翼をひろげます。風船の足場をけって、ホシ丸くんは男の人をめがけ、飛びたちました。その拍子に、ヒヨコ色の風船は決定的にぐらつき、風たちがぐんぐんスピードをあげるせいで、ゆれはとりかえしがつかなくなりました。

　ブンリルーが、なげだされます。悲鳴もあげず、本をかかえて落ちてゆくブンリルーを、ルウ子とサラは血相をかえて追いました。急降下には、コウモリガッパのほうがむいています。頭を下にし、翼をすぼめて加速をかけたルウ子は手をのばし、ブンリルーの足をつかまえます。さらにそのルウ子の足を、片手で傘の柄をにぎったサラが、ぎりぎりのあやうさでつかまえました。

三人の女の子は、空中でつらなったまま、上をふりあおぎます。

「ホシ丸くんっ！」

ありったけの大声で、ルウ子はどなりました。手を貸してくれなければ、このままでは、三人ともバランスがとれません。

と、上空で、ピカッとまぶしい光がまたたきました。赤い光がはじけて、あわてた顔のホシ丸くんが、翼に風もつかまないまま、こちらへ落ちてくるのです。落ちてきたホシ丸くんと、ルウ子はまともにおでこをぶつけてしまいました。ゴン、と頭の中で音がし、あまりの痛さに、ブンリルーをつかまえた手をはなしてしまいます。サラもバランスをくずし、四人はもろともに、落下をはじめました。

が――

おなかの芯を、見えない糸が、強くひっぱる感覚がありました。見えない、細い糸は、するするとたぐりよせられ、そうしてルウ子たちは――

# 九　ふたたび、お店へ

ルウ子たちは〈雨ふる本屋〉の、しっとりぬれた草の床に、みんなしてころがっていたのです。

「いたたたた……」

おでこをおさえて、ルウ子はうずくまったまま、うめきました。ホシ丸くんも同じく、痛みにころげまわっています。

「まあまあ、なんてことでしょう！」

頬に手をあてた舞々子さんが、みんなを見おろしていました。むこうの、お茶のテーブルからは、フルホン氏と照々美さんが、めいめいのティーカップを持ちあげたまま、こちらをうかがっています。

「みんな、いったいどこまで行っていたんですの？　ほっぽり森へ、ブンリルーちゃんに会いに行くだけだと思っていたら！　ホシ丸くん、また、ルウ子ちゃんたちをあぶない冒険につれだしたのね？　ごらんなさい、こんなに大きなたんこぶをこしらえて――」

まくしたてながら、舞々子さんはサラを、ブンリルーを、そしてルウ子をたすけ起こしてゆきます。シオリとセビョーシは、ブンリルーの手からなげだされた本を拾い、汚れをぬぐって、起きあがったブンリルーへ手わたします。

舞々子さんの巻き毛のまわりでは、真珠つぶたちがピリピリとふるえ、妖精たちは気づかわしげに、妖精使いのかたわらに浮かびました。

痛みに頭をかかえこんでいたホシ丸くんが、パッと目をかがやかせて顔をあげます。

「やあ、舞々子さん、すごかったんだよ！　ぼく、あとちょっとで〝影の男〟に手がとどきそうで――」

「おだまりなさい！」

舞々子さんが、ピシャリと声をたたきつけました。舞々子さんの、そんなきびしい声をはじめて聞いたので、ルウ子もサラもビクッと体をふるわせました。弓なりのまゆがつりあがり、色白の頬は青ざめています。美しくゆらめくたそがれ色の瞳は、怒りのために、うるんでいました。

ホシ丸くんは、たんこぶに手をあてるのもわすれて、お店の床にしりもちをついたまま、ぽかんと舞々子さんを見あげています。

〈雨ふる本屋〉の天井ぎわでは、赤く燃えていた〈安全の星〉が、こごえたろうそくのように消えかかっているところでした。あの星が危険を知らせ、舞々子さんがみんなをお店へつれもどしたのです。

「ホシ丸くん、こんどというこんどは、もうゆるしません。ルウ子ちゃんたちみんなを、危険に巻きこんで。いったいどうしてなんですの、冒険といったって、これじゃあただの、むこう見ずですわ。もどってこられなくなったら、大けがをしたら、どうするつもりなの！」

わなわなとふるえる舞々子さんの肩のむこうから、フルホン氏がこまったようすで呼びかけました。

「まあまあ、舞々子くん。きみの怒りももっともだが、なにもそこまで……かれにかんしては、本も読まずに飛びまわるのが小鳥のさがだと、わたしもあきらめておるのだし」

「そんなことを言っているのじゃ、ありません」

舞々子さんが、涙をこらえようと、くちびるをかみました。ルウ子は舞々子さんがあんまり気の毒になって、白い手をにぎりました。

「舞々子さん、ごめんなさい。あたしたち、黒い男の人を追うのに、夢中になっちゃったの。だって、すぐに追いついて、カタツムリをかえしてもらえると思ったのよ。心配させて、ほんとにごめんなさい」

サラも、ルウ子がつかむのと反対側の手に、すがりつきます。

「舞々子さん、泣かないで。あのね、サラのカタツムリね、博物館にあるんだ、って、うらない師さんが言ってた」

「博物館？」

サラのことばが、舞々子さんの気持ちのむきをそらしました。真珠つぶたちがふわっと一瞬浮きあがり、またそれぞれの飛び方で、巻き毛のまわりを衛星のように飾ります。

「わたしの博物館のことかしら？」

照々美さんが、ティーカップをお皿の上へ置きました。くだものでおなかのふくれたマゼランは、照々美さんの首にしっぽを巻きつけてお昼寝しています。さながら、生きた衿巻です。

そこでルウ子とサラは、ほっぽり森へ行ってからのできごとを、舞々子さん、照々美さん、フルホン氏に話して聞かせました（ブンリルーは、お店の本棚を物色しているし、ホシ丸くんはくちびるをとがらせて、座りこんだままだまっているのです)。

「ウーム」

フルホン氏が、眉間に深いしわをよせ、短い翼でうでぐみします。

「その王国とは、なにを意味するのだろう。すきまの世界を飲みつくすほどの王国……いや、これはひょっとすると、ゆゆしき事態になるかもしれん」

そしてフルホン氏は、〝影の男〟や王国について、あらたな記事が書かれていないかと、ツタの葉新聞をめまぐるしくたぐりました。たぐりながら、太いくちばしの中で、ブツブツひとりごちます。

「王国……いやいや、すきまの世界に、王はないはずだ。あちこちに小さな王国や都はあっても、世界全土を飲みこむようなものは。製本室のつぼみと、なにかかんけいがあるのだろうか……あらたな物語の誕生と……うむ、ぐうぜんとは思えない……」

新聞に、めぼしい記事が見つからないとわかると、フルホン氏は機敏に頭をあげ、みんなにむかって告げました。

「古い文献をあたってみよう。過去にも、にた事件は起きているかもわからない。すこし、調べ物をするのにこもるよ」

キノコの椅子からおしりを持ちあげ、自分のカウンター机へむかいます。歩きざま、フルホン氏は、まだ座りこんでいるホシ丸くんに、ビシッと翼をむけました。

「それから、きみ！　冒険は、大いにけっこう。じじつ、今日われわれが博物学を通して世界を知ることができるのは、危険をかえりみず航海にのりだした冒険家たちの功績があればこそだ。だがしかし、舞々子くんの気持ちも考えてみたまえ。わたしの助手をないがしろにするようなことは、〈雨ふる本屋〉店主として、ゆるすわけにはいかん。二度と舞々子くんのお茶にありつけなくともかまわんというのなら、話はべつだがね！」

フン、と荒々しく鼻息をついて、フルホン氏はのしのしと、カウンター机のむこうへ歩いてゆきました。自分の椅子に座ると、机にうずたかくつまれた本をぬきとり、すさまじいはやさでページをめくりはじめます。満月メガネのおくの目は、集中しきって、もうなにも耳に入っていないのがわかりました。

「……ごめんなさいね、大きな声を出して。さあ、ルウ子ちゃんたち、お茶をいれなおすわ。ブンリルーちゃんも、こっちへいらっしゃい」

舞々子さんが、ドレスのたもとから出したハンカチで、すばやく目もとをぬぐいました。舞々子さんをささえるように手をつないで、サラがついてゆきます。ブンリルーは、棚から〈雨ふる本〉をぬきとると、もともと読んでいた本はわきへはさみ、あたらしい本のページのあいだに顔をうずめたまま、キノコの椅子に腰かけました。

「ホシ丸くん。どうしちゃったの？　なんだか、いつものホシ丸くんじゃないみたい」

ルウ子は、テーブルにつくのはあとにして、草の床に座りこみっぱなしのホシ丸くんのそばに、しゃがみこみました。舞々子さんにしかられて、すねていたホシ丸くんは、たんこぶのせいでふくれあがったひたいの星マークを、指でつっつきます。

「ぼく……見つけたのかと思ったんだ」

小さな声で、そう言います。

「見つけたって、なにを？」

「ぼくのこと、夢見た人をさ」

そのことばは、ルウ子の心臓をどきりとはねあがらせました。小さなホシ丸くんの声が、耳の中で、なんども反響します。

（そうだ。いつだか、言ってたんだわ、ホシ丸くんは……自分を夢見た人を、さがしているって）

幸福の青い鳥で、希望のいちばん星で、やんちゃな人間の男の子。ホシ丸くんは、それらを望む人間の夢から生まれたのです。けれど、夢見たのがだれなのか、それをホシ丸くんは知らないのです。夢見た人が、もし、ホシ丸くんをわすれてしまったら、ホシ丸くんは、ほかのわすれられた夢と同じく、ほっぽり森にいることになるのです。ずっと、もうどこへも行けずに。

けれど……ルウ子は、思ったのです。ホシ丸くんは、きっと、わすれっぽいだれかひとりの夢なんかではないと。だって、ルウ子だって、ホシ丸くんを夢見ます。サラだって、ほかの人たちだって——幸せや希望やゆかいな友達を夢見たことのない人なんて、この世にいるでしょうか。

だから、ホシ丸くんはだれかひとりのものなんかではないし、わすれられてしまうなんてこと、ありっこないのです。それなのに……

ルウ子のおでこのたんこぶが、ずきずきとうずきました。

ホシ丸くんは、肩を落として立ちあがります。くちびるをとがらせて、足もとに視線を落として。こんなの、まったくいつものホシ丸くんらしくありません。

「あの〝影の男〟がきっと、そうなんじゃないかって。……会いたいや。ぼくのこと、夢見た人に」

小さな小さな声で、ホシ丸くんがつぶやいたのが、ルウ子の耳をつらぬきました。

そのまま、ホシ丸くんがとぼとぼとお茶のテーブルへむかうのに、ルウ子はなんと声をかけたらいいのか、わかりません。しかし、ことばをさがす苦労は、消し飛ばされてしまいました。

本棚の一角から、びっくり箱のように登場した、幽霊のわめき声によって。

「あぁーっ、もうやだ、もうやだよぅ！」

本棚から、一冊の本が飛びだし、その本の中からクラゲそっくりの幽霊と、何枚もの原稿用紙があふれでました。ピカピカと青白く点滅する目からは、涙そっくりな光のすじが流れ、幽霊は苦しげに口をゆがめて、短い触角じみたうでで、自分の頭をぽかすかとなぐっています（クラゲかビニールのような頭は、なぐってもぷにぷにとへこむばかりで、痛そうではないのでしたが）。

「もうおしまいだ、おしまいだよぅ！　こんなもの、こんなもの！」

わめきながら、幽霊は飛びちった原稿用紙をひっつかみ、びりびりにやぶいてはそれを食べてしまいます。

「ヒラメキ幽霊さん、どうしたの?」

サラがすっかりめんくらって、目をまんまるにしていますが、ルウ子もホシ丸くんも、同じ顔をしていました。サラの声が耳に入ると、幽霊は草の床にべちゃっとつっぷして、すすり泣きはじめてしまいました。

「おぅ、おぅ、サラちゃん来てたのね、ごめんよ。……わがはい、もう、書けないよぅ。死んでまで、書きつづけてきたっていうのに、もう、一行も、書けないんだよぅ……」

「どうしたっていうのよ、ヒラメキ?」

幽霊のとり乱し方は、ただごとではありません。ルウ子も心配になって、水まんじゅうの手ざわりをした幽霊の背中に手をあてます。ルウ子が手をふれると、幽霊はますます、おえつを高めました。

「きみ、きみならわかってくれるかしら。お話がまるっきり書けなくなっちゃったってこと、ある? わがはい、書けないんだよ。もうひと月も執筆室にこもって、

原稿用紙にむかってるのに。ことばも、アイデアも、なんにも浮かんでこない……物語が書けないんじゃあ、わがはい、もう、死んでたって意味がないよう……」

ぱっくりとページを開いたまま、床に落ちた本を、シオリとセビョーシが羊皮紙のマントで飛んできて、拾いあげました。妖精たちは、こまった表情をタマゴ型の顔に浮かべ、『執筆室』とタイトルの記された本を棚にもどします。すりガラス色のあの本の中に、〈雨ふる本屋〉にすむ幽霊、ヒラメキの執筆室があるのです。

ピチクリ！　いつのまにか小鳥になっていたホシ丸くんが、高くさえずりました。からかうように、幽霊のまわりをはばたきまわります。

「そりゃいいや！　また旅行に行こうよ。こんどは、リンゴリンガ鉄道の旅なんかじゃなく、自分で飛んでゆく、ほんものの冒険にさ」

どうやら、幽霊がさわいだおかげで、ホシ丸くんはいつもの調子をとりもどしたようでした。が、ルウ子の胸には、重たい不安の船が、錨をおろしたままでした。

フルホン氏は、幽霊の大声にも集中を乱されることなく、ぶ厚い本にくちばしをつっこんでいます。

「幽霊さん、すこし休憩なさってください。ちょうど、お茶をいれなおすところですわ。きょうはブンリルーちゃんに、わたしの妹も来ているんです」

舞々子さんの声に、幽霊は顔をあげました。テーブルについたままの照々美さんが、ふわりと会釈します。生きた花が座っているかのようなたたずまいに、幽霊はあっというまに心をうばわれ、フルホン氏が言うところの創作上の苦悩は、この瞬間、さっぱりわすれたようでした。

# 十　種のめぐりについての考察

「わたしの博物館は、建物としてあるというわけじゃないの」

昼寝から起きたマゼランの首すじをていねいになでてやりながら、照々美さんが言いました。

「ふさわしい瞬間をねらって、出現させるのよ」

「博物館を出現させる、って、どういうこと？　なにかを展示してあるんじゃないの？　化石だとか、植物だとか……」

「ルウ子の思っている博物館とは、ちょっとちがうかもしれないわね。とにかく出現させないかぎり、わたしの博物館は、どこにもないの」

照々美さんが館長をつとめるという博物館へ、すぐにでも行けると思っていたサラは、すくなからず、がっかりした顔をしていました。もも色の巻き貝のカタツムリは、では、あのときホシ丸くんの言うとおり、黒い男の人を追いかけていれば、とりかえせたのかもしれません。

舞々子さんは、砂糖つぼの中身をたしかめたり、カップケーキに花砂糖をふりかけたり、白黒のチョコレートでできたチェスの駒を升目の上にととのえたりと、やけに落ちつかないようすです。照々美さんはそんなお姉さんを、おもしろそうに見やります。

「姉さんたら、ほんとうに心配症なんだから。子どもが冒険をするのは、いいことじゃない。じっと座って本を読むなんて、年をとって足腰が立たなくなってからだって、できるんだから」

するど、お茶のテーブルの上でせわしなく手をはたらかせていた舞々子さんは、また真珠つぶをピリッと緊張させ、それから深いため息をついて、自分のためにも、お茶を一杯そそぎました。

「……なにも、冒険することそのものが、悪いと言ってるんじゃないわ。ですけれど、照々美、あなたのように大けがをして、杖なしに歩けないようになってしまっては、元も子もないじゃありませんか。……わたくしは、ホシ丸くんまでそんなふうになってしまったらと、心配なの」

肩をよせあって炭酸ジュースを飲んでいたルウ子たちは、おどろいて、うずまき状のストローから口をはなしました。

「照々美さんも、冒険のせいでけがをしたの？」

舞々子さんがきれいにならべたチョコレートのチェス駒を、黒軍からしらみつぶしに食べていた幽霊は、青白い目をピカピカと点滅させました。

「照々美さんは、庭師なんだよねえ？ 高い木の枝でも、剪定しようとしてたの？」

そんな理由だったなら、舞々子さんだって、ホシ丸くんを相手にあんなにとり乱したりなんてしないでしょう。照々美さんは、幽霊がかたっぱしから食べてゆく黒軍に、白のクイーンを移動させながら、こたえます。

「ルウ子とサラは、見たでしょう？　地底に、巨人がとらわれているのを。わたし、あの巨人を出してやろうとしたの。だって、あの皮ふはすっかり塊根植物という種類の植物にそっくりなのだし、大きな体をしているから、庭仕事を手伝ってくれないかと思ったのよ。目を開けているしかできないのだから、庭のようすをいつでも見まもれるでしょう？」

そこでまた、舞々子さんのため息です。

「……そう、それで、照々美は、巨人の地下牢へ入りこんだのですわ。そのときに、巨人にふまれて、足に大けがをおってしまったんです。あのとき、洞窟の妖精たちがここへ知らせに来なかったら、どうなっていたか。……おかげで、博物館の仕事も、以前のようにはできなくなってしまって」

妹のために悲しんでいる舞々子さんの顔が、ルウ子ののどをつまらせました。舞々子さんが、さっきあんなにも怒ったのは、ひさしぶりに会った照々美さんのけがのことを思いだしたからなのかもしれません。ホシ丸くんは、しかられたことがよっぽどこたえたのか、せっかくとりもどした元気をすぼませて、お茶のテーブルをさけ、本棚に飾られたおもちゃの帆船の中に、小鳥のすがたで羽をたたんでまるまっています。

照々美さんに毛づくろいされて、すっかりくつろいでいるリスザルは、アメ玉じみた目をじっと舞々子さんの妖精たちにそそぎ、シオリとセビョーシは縮こまって、舞々子さんの巻き毛の中に身をかくしています。

「でも、姉さん。わたし、べつだん悔やんではいないのよ。博物館の仕事は、いちどは大きくなしとげられたもの。どんなことだって、いちど花開いては種になって、また土へもぐるんだから。——幽霊さん、あなたのお仕事も、そうなのじゃありません?」

照々美さんに頬笑みかけられて、幽霊はコクンと、黒のキングをまる飲みに攻め落としてしまいました。照れくさそうに、ほっぺたをおさえる幽霊を、サラがふしぎそうな目で見ています。

「わ、わがはいの？　わがはいは、ちがうよ、このとおりピンピンしているのに、ペンがちっともはたらこうとしないんだ……なまけているわけじゃあないのに、書きたくってたまらないのに……」

　ルウ子は、いつもポケットに入れているお話を書くためのノートを、そっとさわりました。書きたいのに書けないなんて、そんなことって、あるものでしょうか？

「きっとだいじなお仕事のあとには、はたらく力は、花からこぼれた種になるんです。いま、幽霊さんの種は、土の中にもぐっているんでしょう。ふさわしいときが来れば、かならず芽を吹きます。植物だって雨だって、星だって、この世界のものは、めぐるしくみにできているのだから」

　キュッキュとほっぺたをさすっていた幽霊は、すこしのま、考えてから、だらしなく笑って、くすぐったそうに身をよじりました。

「うふふ……そ、そうかしら、そうかなあ。それじゃ、それじゃ、わがはい、きっとすぐまた、もっとすぅごい傑作が書けるようになるかしら」

「ええ、きっと」

照々美さんがうなずくのにあわせて、帽子にのった蝶ちょの翅が、ひらりとひらめきました。照々美さんの肥料で急成長した砂漠桃の花びらが、お茶のテーブルに降りかかり、照々美さんのドレスからはひなぎくの甘いかおりがして、〈雨ふる本屋〉の中は、なんともうららかな空気でみたされました。

読んでいたページに落ちてきた花びらを、ふうっと息で吹き飛ばし、ブンリルーがぽつりと言いました。

「幽霊の、まだ本になっていない物語の種は、ないの？」

もともと、この作家の幽霊は、書きかけているときに死んでしまい、わすれられて物語の種になった自分の作品を追って、ほっぽり森へやってきたのです。

「ねえ、製本室のあのおっきなつぼみの中身が、幽霊さんのご本かもしれないね！」

サラが、はずみをつけて椅子から立ちあがりました。幽霊が大好きなサラは、自分もなんとか、幽霊をはげましてあげたいと思ったのでしょう。執筆室にこもりっきりで、製本室のふしぎなつぼみのことを知らない幽霊は、パチパチッと、青白い目玉をスパークさせました。

　そのとき、

「――これだ！」

カウンター机のむこうからフルホン氏のさけび声がとどろきわたり、「キャッ」と悲鳴をあげた幽霊が、椅子からころげ落ちました。

# 十一　あらたな〈雨ふる本〉

「発見したぞ！　見たまえ、先代店主、ドードー鳥のコショどのの手記に、王国なるものにかんする記述がある」

フルホン氏が翼に持っているのは、金色のドードー鳥が表紙に刻印された、一冊の古いノートでした。フルホン氏はそれを、みんなにも見えるようかかげ持ちます。すっかり黄ばんだページに、小さな文字がびっしりと書きこまれています。

「手記によれば、すきまの世界のあらたな領域の誕生が、いっときに集中することがあるそうだ。――すなわち、夢見られた都市や街、店や家や森や海が、あらたに、一気に誕生するのだ。外の世界で、それらをひとりの人物が夢に見、しかしその望みがかなわなかったときに、それは起こるらしい」

そのことばに、帆船の模型に閉じこもっているホシ丸くんが、ピクリと顔をあげたのを、ルウ子は見逃しませんでした。

「外の世界で、それを夢見た人物は、自分の思い描いた広大な空想を、『王国』と呼んだそうだよ」

「それと同じことが、また起ころうとしているんですの？」

舞々子さんが、心配そうに胸の前で手をにぎりあわせます。フルホン氏は、重々しくうなずきました。

「うむ、おそらくは。……そして、ここがかんじんなところだが――王国があらわれるときには、一冊のあらたな〈雨ふる本〉が誕生するのだそうだ。その、夢見られたままかなわなかった望みを、〈おしまい〉のある物語にまとめあげたとくべつな〈雨ふる本〉が。そして、夢見た人物は王国の物語の綴られた〈雨ふる本〉を手に、店を去ったと手記にはある」

フルホン氏の目は、満月メガネのおくで、するどく光っています。

「フルホンさん、それって、つまり……」

舞々子さんのことばに大きくうなずきながら、フルホン氏は椅子から立ちあがりました。

「舞々子くん、製本室へいそごう！」

そうして、カウンター机のうしろの扉を開けると、フルホン氏は苔の廊下へかけこみました。舞々子さんもドレスのすそをつまみあげ、あとを追います。幽霊とサラもそれにつづき、ルウ子は、まだ本に夢中のブンリルーの手をつかんで、走りました。

照々美さんは、ここで待っているというあいずに手をふり、ルウ子が目をやったときには、おもちゃの船の中に、小鳥のすがたはありませんでした。頭上を、はばたきの音が追いこしていったので、ルウ子たちより先に、製本室へむかったのでしょう。

光る虫たちの舞う苔の廊下をぬけると、ひろびろと明るい製本室の雨が、いつもよりも、雨脚を強めているようでした。澄みきった雨の直線が、製本室の湖にいくつもの円を描いてゆきます。

オーロラのスイレンの上では、この雨脚のおかげで、たくさんの〈雨ふる本〉ができあがっていました。シオリとセビョーシが羊皮紙のマントで飛んでゆき、開きった花の上から、完成した本をとってきては、ガラスの通路につみあげてゆきます。役目をおえた花は、花びらのつながりをほどき、すっかり透明になって、水に溶けて消えました。

そして――湖のまん中、あのかたく閉ざされたタマゴのような、大きすぎるつぼみは、ゆるやかな、けれどもたしかな変化をはじめていました。かさなりあった花びらが、すこしずつ、すこしずつ、外へむかって開かれてゆきます。

「おそらくは、きみたちが王国に干渉したことで、つぼみに変化をうながしたのだろう」

「ルウ子ちゃんたちが、〝影の男〟を追ったおかげですの？」

翼でうでぐみをして、じっとつぼみに視線をそそぐフルホン氏を、舞々子さんがうしろからのぞきこみます。

「〝影の男〟については、なぞのままだがね。追跡の結果として、王国へ立ち入ったのだ。それによって、あらたな〈雨ふる本〉の誕生がうながされた。コショどののことばによれば、ひとりの人間の、あまりに強く夢見られた夢、そして、それにもかかわらず、敗れさった夢――それを救い、完成させる〈雨ふる本〉。これは、まちがいなく、すさまじい本になるはずだ。――そらっ、開くぞ、本が見えてきた！」

一同は息をつめて、巨大な花を見まもりました。幾重にも閉ざされていた花びらは、一枚、また一枚と、雲母のきらめきを見せながら、美しさのためだけに計算された緻密さで、ほこらしげにひみつを明かしてゆきます。

ふんだんな花びらをひろげ、咲いた花の上には、ぶ厚い、一冊の本がのっています。

すこしのま、だれも、身じろぎひとつしませんでした。やがて舞々子さんが、小さな、けれどもよく通る声で、妖精たちに命じました。

「シオリ、セビョーシ。本をはこんできて」

妖精たちは、空中でピシッとかかとをあわせ、まっすぐ湖の中心へ飛んでゆきました。重そうな、革表紙の本です。まだ開かれたことのないページは、たっぷりとゆたかにかさなり、かどをまもるための金具が、月光色に光っています。

サファイヤ色の目におごそかさをやどし、シオリとセビョーシは、はこんできた本を、フルホン氏にわたしました。うやうやしい手つきでうけとった本の表紙を、フルホン氏は、短い翼の風切り羽で、なでました。表紙に、タイトルはありません。なぞめいた気配と、未知の物語を期待させるにおいとが、本から立ちのぼっていました。

「……開いてみよう」

フルホン氏の手もとが見えるよう、みんなが身をよせあいます。古紙色をしたフルホン氏の翼が、慎重に表紙を開きました。重厚な表紙が扉を開き、そして、ページを……

「………」

だれもが、沈黙しています。

本もまた、沈黙したきりでした。

めくっても、めくっても……どのページにも、なにも書かれていないのです。

「あぶりだしの本かなあ？」

幽霊のかんだかい声が、緊張していた空気をひしゃげさせました。

「おかしい！」

フルホン氏が、眉間にけわしいしわを刻んで、うなりました。

「『王国』の出現。とくべつな〈雨ふる本〉。手記に書かれたのと同じことが、起こっているはずなのに……白紙の本ができあがるなどと、これはいったい、どうしたことだ！」

「〝影の男〟のせいじゃないの？」

ルウ子は、とっさに思いついて、そう口走りました。

「〝影の男〟は、すきまの世界から、いろんなものを盗んでいくんでしょう？　それなら、〝影の男〟のせいで、まっ白な本ができちゃったのかも……」

フルホン氏も、舞々子さんも、首をひねります。

「かんけいがあるでしょうか」

「いや、この時点では、なんとも言えないが……」

フルホン氏の声は、気むずかしい機械のねじのように、重苦しくひびきます。

「ねえ、こっちの本、見てもいい？」

ブンリルーが、返事も待たずに、さっき妖精たちが集めてきた〈雨ふる本〉の上にかがみこみます。物語が書かれていない本になんて、この子はいっさい興味がないのです。

サラは気づかわしげに、純白の傘のかげから、フルホン氏と舞々子さん、ブンリルーを見くらべています。パラパラと、ブンリルーが本をめくる音、例の花が咲きおえて、弱くなった雨の音だけが、製本室にひびきました。

（あれ？）

ルウ子は、きょろきょろあたりを見まわしました。いつもなら、こんなとき、小鳥のさえずりがみんなをからかうのです。「だから、本なんて読んでないで、ほんものの冒険をすればいいのさ！」——高らかに、そう笑いながら。

先に製本室に入ったとばかり思っていたホシ丸くんのすがたが、ありません。

「舞々子さん、たいへん！　ホシ丸くんがいないわ」

ルウ子は、緑のそでにおおわれた舞々子さんのうでに、すがりつきました。一瞬にして、舞々子さんの頬がひきつります。

白紙ばかりの本を閉じ、フルホン氏は、ばかばかしいと言わんばかりに、くちばしをガチッと鳴らしました。

「フン！　ひとつところにじっとしてなど、おれんのだよ。われわれドードーとちがい、小鳥というのはそういうものだ。なに、心配することはないよ。あっというまに腹をすかすのも、小鳥のつねなのだからね」

フルホン氏はつまり、つぎのお茶の時間にはホシ丸くんは帰ってくると、フルホン氏なりに舞々子さんをなぐさめているのでした。しかし、舞々子さんの瞳からも、巻き毛を飾る真珠つぶからも、不安な気配は消えません。

「とにかく、この本をよく調べてみよう。きょうはまったく、いろんなことの起こる日だ！」

〈雨ふる本〉をかかえ、フルホン氏がお店へもどろうと、きびすをかえしたときでした。

ごおん……足もとでなにかがきしむような轟音がして、製本室ぜんたいが、ぐらっとゆれたのです。

# 十二　王国の氾濫（はんらん）

なにが起きたのか、みんなは考えるより先に、お店へむかって走っていました。

まずフルホン氏が、舞々子（まいまいこ）さんが、そのあとをルウ子たちが。

「照々美（てるてるみ）くん、ぶじかね！　いまのは、なんだ？」

フルホン氏が、いきおいよくお店へつづくドアを開けます。すると照々美（てるてるみ）さんは、あいかわらずキノコのテーブルにかけて、一冊（さつ）の本をゆったりと読んでいます。本（ほん）棚（だな）から、マゼランにとってこさせたのでしょう。リスザルは本棚（ほんだな）のてっぺんまでのぼって、くるくるまわる銀河模型（ぎんがもけい）にちょっかいを出しています。

「なんだか、ゆれましたわね」

照々美（てるてるみ）さんときたら、昼さがりのボートにでものっているかのようなおだやかさです。お店の中には、なにもかわりはありません。ただひとつの変化といっては、大きく育った砂漠桃の花があらかたちって、やさしい頬のふくらみをしたももの実が、みのりはじめていることくらいでした。

「ホシ丸くんは？」

息せき切って、ルウ子は身をのりだしました。が、雨とものかおりがするお店の中に、ホシ丸くんのすがたはありません。

トントンと、入り口のドアにノックの音がして、一同の目を集めました。ドアノブが、カチャカチャとゆれたあと、外からドアが開き、だれかが、〈雨ふる本屋〉へおとずれました。

「いやぁ、たまげた天気ですな」

そう言って入ってきたのは、カエル――すずしげな縦じまの着物に、おしゃれな紺の羽織をはおった、〈雨ふる本屋〉の常連客、七宝屋でした。ところが、いつもとどうもようすがちがっているのは、七宝屋が全身から、ぼたぼたと水をしたたらせているのです。それはまるで、気持ちよく池でひと泳ぎしたあと、葉っぱの上へとびあがったカエルそのものです。

「すみませんが、お水を。お水を一杯（ぱい）、いただけませんかな」

いらっしゃいませ、と舞々子（まいまいこ）さんが言う前に、七宝屋（しっぽうや）はあわてて両手で自分の顔をあおぎました。舞々子（まいまいこ）さんがすぐさま、テーブルの上に出現（しゅつげん）させたひえたお水のコップをうけとるや、七宝屋（しっぽうや）はひと息にそれを飲みほし、やれやれと息をつきました。

「いやはや、たすかりました。どうも、塩水というのは、体にあわんようでして」

「塩水、と？」

フルホン氏が、七宝屋（しっぽうや）のようすに、首すじの羽毛（うもう）をふっとさか立てます。ぽこっと、床（ゆか）からはえてきたキノコに腰（こし）をおろし、ずぶぬれのせんすをどうにか開いて顔をあおぎながら、七宝屋（しっぽうや）はうなずきました。

「いかにも、そうです。海水です。たまげたことが起こっております。フルホンさん、〈雨ふる本屋〉さんは、どうやら海の上をただよっておるようですよ」

「なんですと？」

フルホン氏が目をみはり、舞々子さんが走っていって、扉を開けました。たったいま、七宝屋が入ってきた、お店の入り口の扉です。

いつも、ルウ子とサラが〈雨ふる本屋〉から帰るときに開けると、市立図書館の本棚のあいだへつながっている扉――その小さな木の扉のむこうには、ひろびろと明るいエメラルド色をつらねた水が、見わたすかぎりうねっていました。

「見て！」

舞々子さんのスカートにつかまって、外をのぞいたサラが、さけびました。

「カメさんの上よ。大きなカメさん」

ルウ子ものぞいてみると、たしかに、波とお店のあいだに、甲羅らしきものが見えています。岩よりうんとなめらかな、まだらぶちの甲羅……そのむこうには、クジラやシャチのヒレとにたうしろ足、そして太い尾が、親しげに水をなでています。

水族館で見たことのあるウミガメよりずっと、それは巨大でした。

「まあ、ゴンドラね」

杖をつき、外の景色を見に来た照々美さんが、あっけらかんと言いました。たしかに、地底の川を行くときにも、カメの背中にのりましたが……それと、いまの状況とでは、わけがちがいすぎます。照々美さんののんびりしすぎた性質は、みんなの緊張を無邪気にくじきます。

「ちょっと、見てみる」

ブンリルーはそう言うなり、ちょうど読みおえた本をテーブルに置き、扉をくぐって外へ出てしまいました。

「ブンリルー！」

ぎょっとするルウ子たちをよそに、黒い長靴で甲羅の上にふみだし、カメの頭のほうへまわりこんで走っていってしまいます。扉側からすがたの見えなくなったブンリルーが、声を張りあげるのが、こちらへとどきました。

「おりこうそうなカメよ！　それに、きれいな海」

その声にさそわれて、サラまで扉から顔をつきだしました。

「サラも、見てみたい！」

「こら、サラ、待ちなさい！」

かけだすサラを追いかけて、ルウ子も外へ出ました。とたんに、足場がななめになっているので、あやうく水に落ちるところでした。巨大な貝殻にもにた甲羅は、いくつもの傷をもようのようにまとい、前方を見れば、大きな前足がゆうゆうと水をなで、波の動きをとらえています。そして、いま出てきた扉のほうをふりかえると、レンガや鉱石をごたまぜにつみあげてつくられた、石づくりの小屋がのっかっているのです。

けれど、〈雨ふる本屋〉は、ウミガメの背にのったお店ではありませんし、こんな小さな建物に、お店も製本室も、おさまってしまうわけがありません。ルウ子たちが出てきたこの小屋は、中に入っている〈雨ふる本屋〉よりも、明らかに小さす

ぎるのです。

それでもどうやら、うたがいようなく、〈雨ふる本屋〉は漂流しているらしいのです。明るいゼリーの色をした波、その上を、巨大なカメの背にのって。

そろそろと、カメの頭のほうまで歩いていったサラは、先にいたブンリルーのうでにつかまりました。前をむいて泳ぐカメの顔を、興味しんしんにのぞきこんでいます。

目路のかぎり、どこまでも、波のくりかえしです。メロン味とソーダ味のゼリーの色をした波が、明るくはてしなく、ひろがりうねっています。

「前代未聞だ。いったい、どうなっておるのだ……」

扉からくちばしをつき出したフルホン氏は、短い翼で、頭をかかえこんでしまいました。

ルウ子は、王国がすきまの世界を飲みこんでしまうという、うらない師のことばを思いだして、背中がひたひたとつめたくなりました。それで、サラとブンリルーを呼びよせ、とにかく大いそぎで、お店の中へもどりました。

「これも、〝影の男〟のせいなの？　あたしたち、市立図書館で、あの人を呼びとめておけばよかった……」

ルウ子のつぶやき声に、七宝屋が、金色の目をすばやくまばたきました。

「おや、もしかするとそれは、黒い上着をお召しのかたですかな？　黒ぶちメガネに、そろえたあごひげの」

みんなはおどろいて、七宝屋に視線を集めました。

「七宝屋さん、知ってるの？」

「ええ、そのお客さまなら、先ほど、お買い物によられましたが。もずめ箱ともうします小箱を、おもとめでした。めずらしいお客さまだと思ったのですよ、お嬢さんがたと同じ、人間でいらしたもんですから」

フルホン氏、舞々子さん、シオリとセビョーシにルウ子とサラは、同じ顔をしておどろきました。照々美さんとブンリルー、幽霊とマゼランだけは、首をかしげたりぽかんと口を開けたり、木の人形をさかさづりにしています。

「みなさんの、お知りあいで？」

七宝屋は、ピンクの舌を長くのばして、両の目玉の塩水をなめとります。

そこでフルホン氏が中心になって、七宝屋に、これまでのいきさつを話して聞かせました。さすがにフルホン氏は、演説がじょうずで、ルウ子たちまで、手に汗にぎる物語を聞いているような気持ちになるほどでした。……が、ホシ丸くんがいなくなってしまったのを、フルホン氏が飛ばしたのを聞き逃さず、さいごに舞々子さんがつけくわえました。

「そして、ホシ丸くんがお店からすがたを消してしまったのですわ。七宝屋さん、お見かけにならなくって？　わたくしが、あんなに怒らなければ――」

ルウ子は、舞々子さんの手をそっとひっぱりました。

「あのね、ホシ丸くんが言ってたの。〝影の男〟が、自分を夢見た人なのじゃないか、って。ホシ丸くんはきっと、〝影の男〟をさがしに行ったのよ。だから……七宝屋さん、その男の人がどこへ行ったか、わからない？」

フルホン氏からうけとった、白紙の〈雨ふる本〉をしげしげとながめまわしていた七宝屋は、金色の目をぬらっと光らせ、かぶりをふりました。

「あいにくと、そこまでは……ただ、そうそう、こうもうしておられましたな、『星を見に行く』と」

だまりこんだルウ子の手を、こんどはサラが、元気づけようとにぎってゆすりました。

「お姉ちゃん、きっとだいじょうぶよ。ホシ丸くんは、あっちこっちに行く、冒険家なんだもん」

サラのさしている翼の傘の白さが、まぶしいほどです。ルウ子と舞々子さんは、なにもこたえず、不安げな顔を見あわせました。そのとき、

ドン！

フルホン氏が翼をこぶしにかため、カウンター机をぶちました。

「いまは、それよりも、この緊急事態をいかにするかだ！　わが〈雨ふる本屋〉が、こともあろうに、海上をただよいだしたなどと……これでは、ほっぽり森から物語の種を仕入れることもできないではないか！　きみたちが見聞きしてきたことをうのみにするならば、このままでは〈雨ふる本屋〉が、あるひとりの人間の夢に飲まれてしまう。そればかりか、この調子では、すきまの世界ぜんたいが、もとのすがたをうしなってしまうにちがいない。なぜ、本の中に、物語がおさまっていないのだろう……」

　大きなくちばしが、ガチガチとわなないています。イライラしだしたフルホン氏のとなりで、思案顔で天井をあおいでいた七宝屋が、とつじょ、「グワッ」と声をあげました。

「おや、これは……なんと、砂漠桃ですかな？　なんとみごとな」

　ももの実のこぼれそうなまるみが、満開の花にもおとらないはなやかさで、鈴なりにみのっています。

「以前、七宝屋さんからいただいた種から育ったのですわ。妹の照々美が、肥料をほどこしてくれて」

舞々子さんが言い、照々美さんが、帽子のつばをそっとゆらして会釈しました(帽子の蝶の翅の動きに、七宝屋が舌なめずりしたのを、ルウ子は見逃しませんでした)。

「その肥料、あたくしにもわけていただくことはできませんか？　じつは、砂漠の鳥の国の果樹園の再生を、ささやかながらお手伝いしておりまして」

「鳥の国の？」

声をあげてから、ルウ子は、ブンリルーの前でその名を言ってしまったことに、ちょっと肩をすぼめました。ブンリルーが、魔法をつかえる自在師だったとき、砂漠の鳥の国のお姫さまをさらったために、鳥の国の果樹園や書庫はこわれ、砂漠の生きものにねらわれた鳥びとたちが、たくさんけがをしたのです。

本棚の前に立つブンリルーは、本の背表紙を透かして、なんだか遠くを見ているみたいです。

(『星を見に』……星の見えるところ……)

砂漠のオアシスに鳥の国はあり、そしてその上空には、星々の刺繍が、どこまでもあやをなしていました。

「肥料なら、たくさんあります。植物のお手伝いなら、よろこんで」

照々美さんが、七宝屋にむけてうなずくがはやいか、ルウ子、それにサラは、口々にさけんでいました。

「いっしょにつれていって!」

# 十三　ルウ子たちの出発

中身にはいつもどおりの〈雨ふる本屋〉が入っている、見慣れない石の小屋に、舞々子さんは、クモの巣でつくった旗を立てました。こうしておけば、外からの見た目がちがっても、ホシ丸くんが〈雨ふる本屋〉だと気づいて、帰ってこられますから。

「ブンリルー、どうする？　あたしたちは、行ってくる。あんたは、バクのところへもどる？」

ルウ子の問いに、ブンリルーは三つ編みを片側にたらして、すこしのま、考えこみました。

「……じゃあ、あたしも行く」

どろんこ色の目をあげて、そうこたえます。その目は、本のほうではなく、ルウ子たちのほうをむいていました。

「ブンリルーお姉ちゃん、お空を飛ばなきゃいけないときは、サラが手をつないだげるからね」

サラが、すかさず胸を張ります。ルウ子は、ブンリルーが行きたがらないだろうと思っていたので、まゆをよせて、その顔をのぞきこみました――無理に行こうとしているのではないかと、心配したのです。

「鳥の姫さまは、じつにお元気におつとめについておられましたが、はあ、〈雨ふる本屋〉さんのありさまを見るかぎり、鳥の国もどうなっておりますやら」

七宝屋が、うでぐみをします。フルホン氏は、羽で頭をかきまわしながら、ガラス製のパイプをやたらめったらにふかしました。

「ううむ、わたしのほうで、ドードー組合に呼びかけてみよう。だが、きみたち、勝手な行動はつつしみたまえよ。骨も頭も軽い小鳥とはちがうんだ。非常時にてんでばらばらになってしまうなど、言語道断だ」

「だって」

と、フルホン氏をまっすぐに見つめ、ブンリルーは言いました。

「これって、すきまの世界の危機よね？　あたし、まただれかが自在師になっちゃうのは、やだな」

そのことばは、みんなの胸をはっとさせました。自在師は、すきまの世界に危機がおとずれたとき、世界のつじつまをあわせるためだけに誕生し、危機が去るのといっしょに、消えてしまう存在なのです。ブンリルーは、〈大きなお方〉、天候大納言のはからいによって、こうしてふつうの女の子になることができましたが……

「わたくしは、電々丸に雨手紙を送ってみますわ。きっと、うまくいくでしょう。……ホシ丸くんほどではないにしろ、わたくしたちも、それなりに冒険はしてきているのですから」

舞々子さんのたそがれ色をした瞳に、宵の明星の光がともりました。シオリとセビョーシも、手をつないで、小さな顔にりりしい表情をやどしています。

「わああ、わああ、わがはい、どうしよう？」

うろたえて飛びまわる幽霊に、フルホン氏が、きびしい声をつきさします。

「幽霊くんには、こちらを手伝ってもらおう！　今回の事態について、さらに資料をあたると同時に、ドードー組合へ連絡をとるのだ」

幽霊はそのとたん、氷のかたまりのようにぎこちなく、草の床へ落下しました。

「ええと、わ、わがはい、いま作家として調子が悪いし、もうちょっとかんたんなお仕事を、手伝わせてもらえないかなあ……」

しかし、フルホン氏は両の鼻の穴からパイプの煙をフンと吹き、幽霊のつぶやきなど相手にしません。

「ではまず、わたしの庭へ、肥料をとりに行かなくてはね」

照々美さんが、ちっともほがらかさをうしなわずに、杖を持って立ちあがりました。

ルウ子とサラとブンリルーは、視線をかわしてうなずきます。照々美さんは、ここまで肥料をはこんできたかごをマゼランにとってこさせ、杖をつきながらにこやかにおじぎをしました。

「姉さん、それじゃあまた。お茶をごちそうさま、とってもおいしかったわ」

ゾウの頭の杖の柄で、トンと扉をつつくと、それが扉に、魔法の作用をおよぼしました。照々美さんがドアノブをまわします。扉が開くと、さっきとはうってかわり、そのむこうは明るく波うつ海ではなく、ルウ子たちが通ってきた、地底の洞窟になっていました。

「気をつけてね、ルウ子ちゃん、サラちゃん、ブンリルーちゃん！　きっと、ここへ帰ってくるのよ。お茶を用意して、待っていますから」

舞々子さんが、両手をにぎりあわせて呼びかけます。

暗くつめたい洞窟へ、照々美さん、ルウ子にサラ、ブンリルーと七宝屋は、本の形をした石段をおりてゆきました。マゼランの金の尾が、時計のネジを巻くように、くるくるっとうねりました。

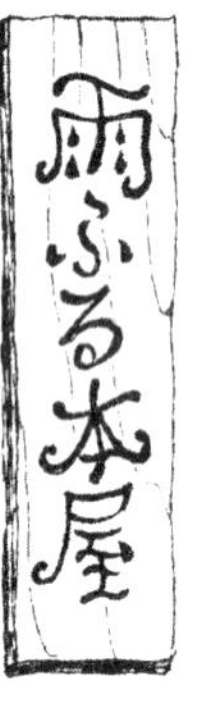


飾り文字の彫られた木の扉が、パタンと閉じます。

地底の川には、ちょうどあの甲羅に鳥かごをのせたカメが、こんどは流れの上をむいて、泳いできたところでした。照々美さんは人数ぶんの光るキノコを折りとり、マゼランが首にさげたビンの中身をかけて、傘をこしらえます。

「ほおう」

感心した声をもらしたのは、七宝屋だけで、ほかのみんなはだまったまま、カメの甲羅へのりました。甲羅の上に、さっきよりたくさんの白い花が咲いています。

ブンリルーは、どこか遠くをじっと見つめていました。ブンリルーが本を持ってきていないのに、ルウ子は気がつきましたが、なにも言わないでおきました。

「すぐに着きますわ。でも、わたしの庭から鳥の国へは、どうやってむかいましょう？」

泳ぎはじめたカメの背の上で、照々美さんが七宝屋にたずねます。七宝屋は、いつもの、まったくゆうぜんとしたおももちで、うなずきました。

「それなら、ご心配にはおよびません。あたくしのほうで、きちんと、鳥の国へ行く手段を用意してございますから」

キノコと水晶のまたたく岸から、妖精たちの目がのぞいています。苔と鳥かごをせおったカメは、流れの上へむかって、よどみなく泳いでゆきます。

「七宝屋さん、〝影の男〟って、いったいどんな人だったの？」

キノコの傘に身をかくしながら、ルウ子は声を低めてたずねました。すると七宝屋は、うでを組んで、首をななめにかたむけました。

「はあ、〝影の男〟とみなさんがお呼びの人物と、同じかどうか。じつにひかえめなお客さまでしたよ。このところ、よくすきまの世界へ来られているのだそうで、外の世界では、楽器店をいとなまれておいでだとか。ウキシマさんともうされましたか。もしや、お嬢さんがたのお知りあいではと思っておったのですが」

「ウキシマさん……」

ふしぎな結び目が心に生まれるのを、ルウ子は感じました。あの男の人には名前があって、お仕事も持っているのです。ルウ子たちと同じく、外の世界で、あたりまえに暮らしているだれかなのです。神出鬼没の〝影の男〟という呼び名が、とたんに、つまらないごっこ遊びに思われました。

ほんとうに、その人が、ホシ丸くんを夢見た人なのでしょうか。ブンリルーのいるほっぽり森をなんども通り、すこし前に七宝屋で買い物をしたという、つかまえられそうでつかまえられない、その人が……

やがて、あのまぶたのない巨人がとらわれている地下牢にさしかかりました。ルウ子もサラも、また巨人を見るのがこわくて、目をふせていようと思ったのですが

（遊園地のおばけ屋敷のトロッコで、いつもそうするみたいに）、巨人と目があうよりもおそろしい事態が、ふたりの顔をあげさせました。

「……いない」

頑丈な鉄格子のむこう、巨大な岩窟の中は、ただがらんとしたうつろだけをかかえています。

地底の牢屋から、巨人のすがたが消えていました。

# 十四　サラの買い物

うららかに日の照(て)る庭は、さいしょにおとずれたときと同じく、葉や花々をさしのべて、かがやかしいばかりのすがたでひろがっていました。

マゼランの持っているみつを前もって飲んでおいた七宝屋(しっぽうや)は、ルウ子たちのように大きさのでたらめにほんろうされることなく、地下からの階段(かいだん)から出たとたん、庭のみごとさに頬(ほお)の膜(まく)をふくらませました。

「ははあ……照々美(てるてるみ)さんほどうでのよい庭師(にわし)は、すきまの世界ひろしといえど、ふたりとありますまい」

ルウ子もサラも、まずは庭のあちこちへ、せわしく視線(しせん)を走らせました。牢(ろう)から出た巨人(きょじん)が、ここへ来ていはしないかと思ったのです。

が、庭はまったくのどかで、どこかでおそろしいことが起こっているなんて、この植物たちにはちっとも縁がなさそうに見えました。風はあたたかくおだやかで、ムクドリやハチドリ、蝶ちょや花バチが飛びかわしています。

「照々美さん、巨人はどこへ行ったと思う?」

コツコツと、杖を鳴らしてレンガ道を歩きだした照々美さんに、ルウ子はたずねました。照々美さんは、帽子のかげから花や葉や木や土のようすに注意深く目をくばりながら、頬笑みを浮かべて歩きつづけます。

「さあ、どこかしら。すくなくとも、ここにはいないみたいね。庭仕事を手伝ってもらえたら、ほんとうにうれしかったのだけど」

ルウ子は、あっけにとられるばかりです。

「巨人が、こわくないの?　だって、照々美さんは、巨人のせいで大けがをしたんでしょう?」

「こわいって、なぜ?　足をふんだのは、きっとわたしがおどろかせてしまったせいよ。体にとげがはえているのは、中身にいいものをたっぷり持っていて、みんなにそれをせがまれるので、しかたなしに身をまもっている証拠だわ」

「うーんと、バラだとか、サボテンとかの、植物みたいに？」

「そういうこと」

照々美さんの頭の中には、植物のことしかないのかもしれません。全身にとげをまとった巨人も、この人の目には、大きな植物と同じに見えるのです。

（巨人が牢屋から消えたのも、王国や〝影の男〟とかんけいがあるのかしら）

もしかしたら、〝影の男〟――あるいは、ウキシマ氏という人物が、地下牢から巨人を逃がしたのかもしれません。なんのためにか、それはわかりませんが……

ブンリルーは、美しい庭をぼんやりとながめながらも、目もとをかすかにこわばらせています。これから、自分が傷つけてしまった鳥の国へ行くのですから、無理もないことです。ルウ子は、ブンリルーになにか声をかけようと思うものの、なんと言ったらいいのか、わかりませんでした。本を持っていない手は、きつくにぎり

しめられ、まっ白になっています。と、サラが、

「照々美さん、これちょうだい」

そう言うなり、小道のわきに咲いた白いのぎくを、ぽつぽつとつみとりました。

「こら、サラ！」

ルウ子は、あわてて妹をしかります。こんなに手入れの行きとどいた庭の花を折ったりしたら、照々美さんがさぞがっかりすると思ったのです。

が、照々美さんはとがめるどころか、楽しそうな笑い声をあげました。

「もちろん、どうぞ。気に入ったのがあれば、どれでもあげるわよ」

やさしく言ってもらったサラは、とくいげな顔をルウ子にむけ、白いのぎくを、ブンリルーの三つ編みの結び目に、ひとつずつさしてあげました。

ブンリルーは、花飾りのついたおさげ髪をつかまえて、ふしぎそうにしげしげとながめます。その顔からこわばりが消えているのを見て、ルウ子は、サラに感心のまなざしをむけないわけには、いきませんでした。

庭の一角にある物置小屋に、照々美さんはみんなをつれてゆきました。物置小屋には、さまざまな配合の、大きなふくろに入った肥料がうずたかくつんであり、照々美さんは七宝屋に、入り用なぶんだけ持っていっていいと言いました。

「はあ、じつにありがたい……」

お礼をのべながら、七宝屋は、ピンクの舌で口のまわりをちょいちょいとなめます（物置まで歩いてくる道々、花や肥料のにおいにさそわれて飛ぶ虫をいくらか、つまみ食いしていたのを、ルウ子は知っていました）。

「しかし、ただでいただくわけにはまいりません。もののやりとりには、ふさわしい交換があってしかるべきだというのが、商売人の考えでして。――どうでしょう、照々美さん。果樹園の再生に必要なだけの肥料をいただきますかわりに、むこう三年、あたらしい種と苗をおわたしするというのは。とびきりめずらしいものを、ご用意させていただきましょう」

照々美さんのあけぼの色の瞳が、ひときわ色をあざやかにしました。

「まあ、それは願ってもないことですわ。ぜひ、そうしましょう。さあ、それじゃ、鳥の国へ肥料をとどけましょう」

「でも、どうやって行くの？」

首をかしげたのは、サラです。それにこたえて、七宝屋が、ピトッと両の手をあわせました。

「はい。こちらの道具をつかいます。最近に仕入れたものでして、すごろく地図ともうします。ええと、鳥の国はこちら。照々美さんの庭園を、こちらに描きこみまして……」

言いながら、七宝屋は羽織のたもとからとりだした巻紙をひろげ、携帯用の筆で、すらすらとなにかを書いてゆきます。カサカサした紙の上には、墨の文字で『雨ふる本屋』『森のはて市』『ポポカテ・テチチ合同バザール』『手ぐすね問屋』というような、名前の書きこまれた雲の図形があちらこちらにあり、それぞれがはしごの線でつながっています。『鳥の国』と書かれた図形もあり、七宝屋は紙の余白に、さらに図形を描きくわえます。いまあらたにくわわった雲の図形には、『庭園』という文字が書かれました。ふたつの雲を、七宝屋は、細いはしごでつないでゆきます。

「ざっと、ひぃ、ふぅ、みぃ……五の目が出れば着きましょう。では、はい、サラお嬢さんに、サイコロをふっていただきましょう」

「サラが？」

うれしそうに自分を指さしながらも、サラは、これでどうして鳥の国へ行けるのか、わからないようです。ルウ子にも、見当がつきません。七宝屋が持っているのは、自由に書きこめるすごろくらしく、けれど、紙の上で目的地に到達しても、どうにもなりはしないはずです。

七宝屋からわたされたこはく製のサイコロを、サラがじぃっとながめまわしていたところへ、

「グワッ」

だしぬけに七宝屋が、きみょうな鳴き声をあげました。

「おやおやお嬢さん、どうやら、お買い物を必要としていらっしゃる」

サイコロを持ったまま、サラは、とんきょうな顔で立ちつくします。

ぬらっとした金色の目は、たしかにサラをとらえています。まちがいではないかと、サラは目をぱちぱちさせながら、ルウ子をふりかえりました。つぎにブンリルーを、照々美さんを。

「お買い物？　サラが？　お姉ちゃんじゃなくって？」

七宝屋は、大きな口になぞめいた笑みを浮かべて、ゆったりとうなずきます。

「さようです。さあ、それでは――」

言いながら、七宝屋はもう、レンガ道の上に、七つの箱をならべはじめています。

赤、橙、黄、緑、青、藍、むらさき――大きな箱から順番に、小さな箱がとりだされ、色紙でできた七つの箱が、整列しました。

この、和紙でできた入れ子の箱の中に、七宝屋は七つのお店を持っていて、お客が必要としているものを売ってくれるのです――ただしそれは、お客がほしがっているものではなく、店主がお客に必要だと見ぬいたもの、なのでしたが。

「骨董品のお買い物は、黄色の箱へどうぞ」

三番めの黄色い箱には、しなやかな線で幾羽もの鶴が描かれています。その美しい箱のふたを、七宝屋が開けると、まだびっくりした顔のままのサラが、カエルの店主とともに目の前から消えました。

ルウ子は、黄色い箱の上にかがみこみます。すると――いました。小箱の中で、豆つぶ人形ほどに縮んだサラと七宝屋が、むかいあっています。

サラのおどろく声が、タマゴの黄身の色をした箱からこぼれました。

「すごぉい！」

ルウ子のほうでも、同じことばをさけびたい気分でした。とびきり小さな、人形の家をのぞきこんでいるみたいです。ルウ子はいままで、七宝屋でなんども買い物をしたことがありますが、だれかが買い物するのを外から見るのは、はじめてでし

た。ルウ子の肩ごしに、ブンリルーが不安げに箱のようすをうかがっています。

「まあ、すてき」

うしろからのぞきこんで、照々美さんがはずんだ声をもらしました。マゼランが箱にちょっかいを出したそうに、しっぽをくるくるまわしています。

店の中には、つややかなアメ色をした調度品や、ホタルブクロをかたどったランプ、唐草もようでおおわれたつぼ、宝飾品と見まごうばかりの刀剣など……長い年月を身にまとった品々が、独特の重みをかもしてならんでいます。そんな品物たちのあいまあいまに、雪のようにまっ白な鶴のはく製が、それぞれにたおやかな姿勢をとって、立っていました。

サラは、七宝屋に入れたうれしさと、ものめずらしさで、あちらの品からこちらの品へ、くるくるおどりまわるように移動しています。たたんだ傘も持っているものですから、うっかり商品をたおしてしまわないかと、ルウ子はなんども肝をひやしました。

「きれいなものがいっぱい！　サラも、七宝屋さんのお店に入れた！」

やったやった、と節をつけてさけびながら、その場でピョンピョンととびはねます。

「七宝屋さん」

ルウ子は、箱の上から呼びかけました。

「サラに必要なものって、あたらしいカタツムリ？」

そうたずねたのは、お店のまん中あたりの陳列棚に、指環や扇、ペンダントがならんでいて、その中に、うずまき型の宝石が見えたからなのです。が、七宝屋はまったくゆうぜんと、かぶりをふりました。

「いいえ、カタツムリなら、小さいお嬢さんは、もう持っておいでです。このたび、お買いあげいただきますのは、こちらです」

七宝屋はガラスの陳列棚から、なにかを持ちあげ、サラにさしだしました。とたんに、サラの動きが止まります。

「きれい……」

七宝屋(しっぽうや)の見せたものに、サラは、はしゃぎまわるのをわすれました。ルウ子も目をこらします。小さくなったサラの手にある、うんとうんと小さなそれは、どうやら、砂時計らしいのでした。

「これは、ドロップ時計ともうします。もとは〈きのうの国〉の王子が持っていた品で、〈あさっての国〉の姫君(ひめぎみ)に会えるときを待ちこがれて、時計職人(しょくにん)につくらせたという逸話(いつわ)がございます。時間を抽出(ちゅうしゅつ)するのにつかう道具です」

「時間を、ちゅう？」

豆人形のサラが、首をかしげます。

「つまりですな、この時計をひっくりかえして、砂の落ちるあいだ、なにかを待つとします。すると、持ち主の待ちこがれた気持ちのぶんだけ、あらたな時間をえられると、こういった寸法(すんぽう)です」

説明(せつめい)されても、サラは首をかたむけたままです。ルウ子も、どういう使い方をするものか、七宝屋の説明では、よくわかりませんでした。けれど、七宝屋がお客にすすめた商品は、かならず役に立つのです。ときには、思いもよらない方法で……。

「では、お代を――」

七宝屋が、革張りの安楽椅子のうしろから、うわ薬をたらした地味なつぼをとりだしたとき、ブンリルーが、ルウ子のひじをつかみました。なにか言いたげに、コウモリガッパをひっぱります。ルウ子は、こわばったその顔をふりかえりました。

「だいじょうぶよ。もう、つぼから未来がこぼれたりしないわ。七宝屋さんが、ちゃんとふたをしててくれるわよ」

ルウ子がそう言っても、ブンリルーは口をつぐんだまま、黄色い箱を見つめています。七宝屋では、お客はお代として、〝商品を買わなかった場合の未来〟を支払うのです。もう、商品を手に入れたので、必要のなくなった未来、それを七宝屋では、あらたな品物を見つけるための可能性として、つかうのでした。

スラァリ――サラのおへそのあたりから、透明な帯が長く長く、つぼへむかってのびてゆき、中へすいこまれました。未来をすいとったつぼに、七宝屋はすかさずふたをかぶせます。木のふたの上から、さらに油紙をかぶせ、すばやい手ぎわで麻ひもを巻きつけて結びます。

　ブンリルーが、のどにつめていた息を、ほうと吐きだしました。このブンリルーは、もとは、ルウ子が七宝屋で支払った未来だったのです。どういうきっかけでか、つぼからこぼれてしまったルウ子の未来が、もうひとりの女の子になり、ブンリルーは自在師として、ひとりぼっちの時間をすごしていたのです。

　ブンリルーを安心させようと、ルウ子はつづけて言いました。

「ほらね。七宝屋さんは、鳥の国をもとにもどすお手伝いだってしてるもの、また同じことをくりかえすわけ、ないじゃない。……もしサラが分離して、べつの女の子になったりしたら、あたしだって、めんどう見きれないわ」

　ブンリルーは、すこしだけ、はにかんで笑いました。三つ編みの結び目に飾った、白いのぎくをゆらして。

# 十五　庭をぬけて

「ははあ、やはり、若（わか）い方の未来というのは、生きのよろしいものですなあ」

感服（かんぷく）したようすの七宝屋（しっぽうや）に、おまけのアメ入り金魚缶（きんぎょかん）をもらって、サラはお店からもどってきました。

「お姉ちゃんたち、見て！」

頬（ほお）をすっかりピンクに染（そ）めたサラは、はじめて買った品物をほこらしげにかかげます。砂時計の形をしてはいますが、ガラス製（せい）のふたご玉の中には、砂ではなく、さまざまな色に透（す）きとおった鉱石（こうせき）のつぶが入っています。鉱石（こうせき）はどれも、砂つぶよりは大きくて、ガラスのくびれ部分をすりぬけられそうには見えません。

「でも、サラ、これでなにを待ったらいいの？」

きらきらと反射するドロップ時計を、空にかざしてみながら、サラはまゆをよせました。うすいガラスが鉱石をつつむ時計は、きれいですが、明らかにサラの手は、口からアメ玉が出てくるしくみのブリキの金魚のほうを、うれしそうに抱きしめています。

「もちろん、お嬢さんの待ちたいと思われるものを」

七色の箱は、小さなものから大きなものへ、順にしまわれてゆきます。いちばん大きな、赤に蝶ちょのもようの箱をもとどおりたもとにしまうと、七宝屋はあらためて、先ほどの地図をひろげました。

「お待たせいたしました。さてでは、お嬢さん、サイコロをお願いいたしますよ。六の目を出さないよう、お気をつけくださいよ。鳥の国を通りこしますと、『一回休み』の目に止まってしまいますので」

言われて、サラは、まだがてんがいかないようすながらも、うでをゆすってはずみをつけ、レンガ道にサイコロをころがしました。

出た目は、四です。

七宝屋の持つすごろく地図に、じわじわと墨汁がひとりでににじみ、ふたつの雲をつなぐはしごが、一段ずつ黒く染まってゆきました。『鳥の国』と書かれた雲のひとつ手前まで、墨汁のにじみがひろがります。——と、自分の足を見おろしたルウ子は、ぎょっとしました。ルウ子たちの体までもが、墨汁にひたされたように、足もとからまっ黒に染まりかけているのです。長靴をはいたブンリルーの足も、運動靴のルウ子とサラの足も、七宝屋の着物も、照々美さんのドレスも——マゼランが、キャ、と牙を出して、照々美さんの肩にしがみつきました。

「もういちど。つぎに、一が出ますと到着です」

サラは、失敗はできないとばかりに、顔に緊張を走らせて、ふたたびサイコロをふろうとかまえました。

「きっとだいじょうぶよ」

ルウ子がはげまします。あみだくじでも、福引でも、運まかせのゲームで、ルウ子はサラに勝ったためしがないのです。

ところが——地面のきしむ音が、サラの手を止めさせました。

ひざまでをじわじわと黒く染めてゆきながら、みんなは音のしたほうをふりむきました。マゼランが、小さな牙をむいて、キィ、とうなります。ただならない気配が、ルウ子の体の芯をふるえさせました。嵐の先ぶれの風にもにた、体のおくの古い感覚にとどく気配が……

巨人が、立っていました。

いつからいたのでしょう。まるで、地面からはえでてきたように——体じゅうをとげでおおわれた、まぶたのない巨人が、ルウ子たちをじっと見おろして、照々美さんのネムの木のそばに立っていたのです。

その、大きさ、すがたの異様さ、ただただうつろをやどして見開かれたきりの目。

危険を知らせる信号が、全身をかけめぐります。

「サラ、はやく……！」

とにかく逃げなければ、そう感じて、ルウ子はサラをうながしました。サラは、肩をビクリとはねさせて、サイコロをふろうと手をゆすります。

「待って」

そう言ったのは、ブンリルーでした。ブンリルーはうでをのばして、サラをかばって前に立ちます。照々美さんは、おびえて牙をむくマゼランをなだめながら、どこかあこがれるような瞳で巨人をふりあおいでいます。

「あいつ、鳥の国へついてくるつもりだわ」

ブンリルーが、巨人の足もとをにらみます。見れば、大木のような巨人の足先も、墨汁の色に染まりかけているのでした。この巨人まで来てしまったら、鳥の国は、もっとこまった事態になるでしょう。

ところが、照々美さんが、まったくあいかわらずの調子で、「あら」と口に手をあてたのです。

「たいへん。きっと巨人には、みつを飲ませていないわね？」

照々美さんは、マゼランにたずねて言いました。それどころではないというのに！　主のうっかり屋をとがめて、マゼランはキーッとますますうなります。

しかし、照々美さんの言うとおり、みつを飲んでいない巨人は、照々美さんの庭に、もちろんなじんでなどいないのでした。じりっと片足をふみだしかけた巨人は、またたくまに、巨人ではなくなりました。子犬ほどの大きさに縮んで、しかし、かわらない無表情で、じっとこちらを見つめています。

サッと走ったブンリルーが、縮んだ巨人を、素手のままつかまえました。あっと思うひまもありません。両手で巨人をつかまえたブンリルーは、こちらへむかってさけびます。

「こいつは、鳥の国へは行かせないわ。ほっぽり森へつれてく。ルウ子たちは、行って！」

つかまえられた巨人と、ブンリルーの足から、墨汁のにじみが消えさります。

「待って、ブンリルー！」

ルウ子の足はひとりでに、ブンリルーのほうへかけだしていました。走りながら、サラたちをふりかえります。

「サラ、サイコロをふって！　鳥の国で待ってて、すぐに追いつくから！」

「お待ちを、お嬢さんがた、おわすれです……」

七宝屋があわてて、こちらへ手をのばしかけます。しかしルウ子は、それを聞かずに、ブンリルーのうでをつかみました。

「でも、お姉ちゃん……！」

「鳥の姫にも、王国のことを知らせるのよ！　サラ、あんたはもう、迷子になったりしないでしょ？」

そのことばに、サラの顔がはっとし、傘の柄をかけた手に、力がこもりました。こんなとき、甘えん坊の妹は、まるでほんもののお姫さまみたいな顔をするのです――うなずくと、サラはこはくのサイコロをふりました。

コロンと、かろやかにころがり、大きなまるを上にして、それは止まりました。

「――！」

さけんだサラは、おでこでくった前髪のてっぺんまで、まっ黒な影法師になっていました。七宝屋、そして照々美さんも。

その墨色が、水に流れるように消えさるのを目のはしにとらえながら、ルウ子は〈夢の力〉のヒントをさがします。巨人をかかえたブンリルーと同時に、カンパニュラの青い星型の花を見つめると、ルウ子たちはその花の中へすいこまれ、明るい緑のすべり台を、くるくると回転しながら、すべりおりてゆきました――

# 十六　発熱の岩場

ほっぽり森へ、ルウ子たちは着くはずでした。花の茎のトンネルをすべりおり、ブンリルーのバクの待つ、あの暗くて静かな森へ。

しかし、そうはいきませんでした。

猛スピードですべりおりながら、ブンリルーが手ににぎりこんでいる巨人が、大きくなりはじめてしまったのです。あっというまに、ブンリルーは巨人をささえきれなくなりました。うす緑のトンネルをつきやぶり、巨人がもとの大きさをとりもどしてゆきます。トンネルはぐらつき、ちぎれて、ルウ子たちは、どこかへなげだされました。

どすんと、かたい地面に背中を打ちつけます。一瞬、息がつまって、ルウ子はせきこみながら、あわてて手足をばたつかせ、起きあがりました。うっかりころがっていては、巨人にふみつぶされると思ったのです。

起きあがったルウ子は、すぐそばに、巨大な木が立っているのかと思いました。こちらに背をむけて、巨人が身じろぎひとつせず、大きな体で立ちつくしているのです。

「はあ」

そばでブンリルーが、ため息とも、うめき声ともつかない声をあげます。ルウ子はブンリルーの肩をつかみ、体をささえながら、いそいで巨人からはなれました。

岩窟にとらわれていた巨人は、天をつくばかりの大きさです。なにも身につけてはおらず、泥人形が岩になるまでかわききったかのようなすがたは、心臓をゾクリとすくませます。

「……わすれてた。ほっぽり森に、この巨人は入れないんだわ」

あっさりと言うブンリルーに、ルウ子は白目をむきそうになりました。だから、七宝屋は呼び止めたのです。ほっぽり森に入ることができるのは、わすれられた夢や物語の種の持ち主であった、人間だけ——そんなかんじんなことを、わすれてしまうだなんて！

（照々美さんのうっかり屋どころじゃないわ……）

巨人に、動く気配は見られません。巨人からも、ルウ子とブンリルーからも、すごろく地図の墨色は、すっかり消えていました。

ルウ子はここがどこなのか、そっとこうべをめぐらせました。もうもうとした湯気が、足もとから立ちのぼり、視界をぼやけさせています。ルウ子たちの立っているのは、ひらたく赤い岩の上で、どうやら湯気の発生している場所は、崖になって落ちこんでいるらしいのです。赤い岩の地面は、あちこちからばく大な湯気を立ちのぼらせ、どこまでつづくのか見きわめることができません。

「ブンリルー、けがしてる！」

ルウ子は、ブンリルーの手をひっぱって、上をむけさせました。両のてのひらが、小さくなった巨人をつかまえたときに、とげによって傷まみれになっています。血の出ている手に、ルウ子はポケットからひっぱりだしたハンカチをにぎらせ、どこかにきれいな水はないかとさがしました。が、ここあるのは、赤い岩の大地と、吹きあがる湯気、ただそれだけです。

ルウ子がけがを心配するのにもおかまいなしで、ブンリルーは巨人の背中を見あげています。

「……どこかへ、行こうとしてる」

ブンリルーが、ぽつりとそう言いました。そのことばのとおり、巨人は、すぐうしろにいるルウ子たちをいちどもふりむかないで、ゆっくりと足をふみだしかけました。牢に閉じこめられていたため、体がすっかりこわばっているのか、なんともぎこちない動きです。体を動かすのが、痛いのかもしれません。しかし、とにかく巨人はルウ子とブンリルーをすっかり無視して――あるいは、すっかりわすれさって――歩きだしました。

どこへ、行こうというのでしょう？　とにかく、巨人に見つかって、ふみつぶされるという心配はなさそうでしたが……

「ブンリルー、あたしたちは、〈雨ふる本屋〉へもどらなくちゃ」

きしみをあげそうな巨人の動きを見ていると、ルウ子は、自分の体にもとげをつきたてられているような、たまらない気持ちに襲われました。いますぐに、ここから逃げだしたくなります。こんなところからはなれて、もののにおいでいっぱいの、〈雨ふる本屋〉に……

しかし、ブンリルーの目は、じっと巨人を見つめたきりです。そのとげだらけの背中から、ブンリルーは、なにかを読みとろうとしているかのようでした。

「〝影の男〟のところへ、行こうとしてるのかもしれない」

ブンリルーが巨人の背中を見あげてそう言い、ルウ子をおどろかせました。

「どうして？」

「だって、あの巨人は、すきまの世界のものじゃないって感じがするもの。……もう、ほとんどおぼえていないけど、あたし、自在文字のペンを持ってたときは、すきまの世界のものを、なんだって読みとることができたの。はじめて見るものでも、それがどういう物語を持っていて、どういうしくみで存在するのか、読みとることができた。……でも、この巨人には、そういうのがないの。もちろん、あたしはもう自在師じゃなくなったから、それでわかんないだけかもしれないけど……」

とげだらけの巨人の背中を見つめ、ブンリルーはまゆをぐっとよせて、慎重にことばをさがしながら話しました。たしかに、ルウ子も、ビィドロビン坂で感じました。いつものすきまの世界と、なんとなくちがう気配を……

「だけど、どうするの？　巨人が〝影の男〟——七宝屋さんはウキシマさんって名だって言っていたけど、その人のところへむかうんだとして……」

　ブンリルーの目が、まっすぐルウ子の目をのぞきこみました。

「〝影の男〟のところには、きっとホシ丸くんがいるわ」

　ルウ子ははっと目を見開き、立ちこめる湯気をすいこみすぎて、せきこみました。

ブンリルーのまなざしに、じかに心臓をおされた気がしました。
「ついていこう、ルウ子。ホシ丸くんをつれもどさなきゃ」
ブンリルーは、迷わず巨人のあとについてゆきます。巨人の影を追い、うっかりふみつぶされないだけの距離をとりながら。ルウ子は、ブンリルーの三つ編みにピタリとついてゆきました。サラがさしてあげたのぎくの花は、熱い湯気にあたって、ぐったりとしおれています。

この湯気は、どこから来るのでしょう。赤い地面の下、崖のおくは、どうなっているのでしょうか。巨人は、視界をぼやかす湯気の中を、迷いなく進んでゆきます。こちらからは、うしろすがたしか見えませんが、ふたつの目がいまも見開かれたままなのだと思うと、ルウ子の背すじはゾクリと寒くなりました。

巨人は、いちども立ちどまることなく進んでゆきます。こんな場所のどこかに、あの男の人がいるのでしょうか？　それとも、この岩場をぬけて、もっと遠くに——

ルウ子は、ゾクゾクとした寒けが、しだいにひどくなってゆくのを感じました。ひどいかぜをひいたときみたいです。

はじめはぎこちなかった巨人の足どりが、だんだんはやくなってゆくようです。いまや、ルウ子たちはかけ足でなければ、巨人を濃い湯気の中に見うしなってしまいそうでした。視界だけでなく、頭の中もひどくぼやけて、ゆがんでいます。体に熱があるのが、はっきりとわかりました。気分が悪くなり、ひざがふるえます。となりを見ると、ブンリルーも顔じゅうをまっ赤に染め、ぜえぜえと荒い息をしています。

（この湯気のせいだわ……！）

ルウ子はあわてて、コウモリガッパのそでで口をおさえました。が、もうおそすぎます。どんな毒がふくまれるのかわかりませんが、ルウ子もブンリルーも、もうここの湯気を、たっぷりとすいこんでしまっていました。

体が言うことを聞かなくなって、ブンリルーが座りこみました。ルウ子も、くず

れるようにその場にひざをつきます。巨人は、ふたりの女の子のことなど気にもとめないで、歩いていってしまいます。

ブンリルーは岩の上に体をまるめて、肩を上下させながら、半分目を閉じかかっています。ルウ子は、その肩をゆすろうとしましたが、自分の手がうんと遠くにあるように感じられて、けっきょくブンリルーと同じに、赤い岩につっぷしてしまいました。もう、コウモリガッパで空へ飛んで、湯気から逃れるだけの力も、のこっていません。

（あーあ、サラがいっしょでなくてよかったわ。だけど、どうしよう？　このままじゃ、まただれかが、自在師になって世界を書きかえるのかしら。ホシ丸くん、こういうときにこそ、ホシ丸くんが飛んできてくれなきゃいけないのに）

鼓動にあわせて暗くなったりかすんだりするルウ子の目に、そのとき、むこうから鳥が飛んでくるのがうつりました。が、それはルウ子のさがしているルリ色の小鳥ではなく、太いくちばしを持つ、ずんぐりと太った鳥でした。太い足と、短い翼の、飛ばないはずのその鳥が、木の骨組みと布でできた翼をひろげて、まっすぐこちらへ飛んでくるのです。

その鳥のうしろから、巨大な空飛ぶ魚がゆうぜんと泳いでくるのを見たルウ子は、ブンリルーのうでを、かすかにひっぱりました。もうだいじょうぶよと、知らせるために。

# 十七　再会と、もうひとつの再会

ルウ子の体は、ひんやりとここちよい座席に横たえられていて、おでこに貼られた湿布のおかげで、頭が煮えくりかえる気分の悪さは、ずいぶんよくなっていました。

「さあさあさあ、お薬を飲んで。まったく無茶をするのね、わたしたちがまにあわなかったら、いまごろどうなってたか。ふたりとも、あそこでおしまいよ。あんなところで熱に浮かされて死んでしまうだなんて、ぜったいにごめんだわ、そうでしょ?」

早口でしゃべりつづけながら、さっき飛んできた鳥が、ルウ子の体をたすけ起こし、コップからお薬を飲ませます。メロンににた味の水薬は、よくひえていて、焼けつくようだったのどを、つるりとすべりおりてゆきました。こんなに甘くておいしい飲みものを、ルウ子はいままで飲んだことがありませんでした。体じゅうに、ひんやりとした甘みが染みわたり、熱がとろけてゆきます。

「ウララ……ウララよね？」

腰に手を（正しくは、翼を）あて、こちらを見ている若いドードー鳥は、以前ルウ子たちをたすけてくれたドードー組合の一員、飛行魚プレアデス魚団のお世話係、ウララにまちがいありませんでした！

ウララは、大きなゴーグルをひたいにのせて、いたずらっぽくウィンクをします。

「おひさしぶりね、元気にしていた？　まあ、発熱ガスのせいでちっとも元気じゃなかったでしょうけど、どう？　お薬は効いたでしょ？　もう安心よ、あなたも、もうひとりの子も」

くるっときびすをかえして、ウララは、反対側の座席に寝せられていたブンリルーに、ルウ子と同じ薬を飲ませます。ブンリルーはふしぎそうに、若いドードー鳥を見つめていました。

ルウ子はあわてて、ウララのほうへ身をのりだしました。

「ウララ！　サラが、サラがね、鳥の国へ行ったの。七宝屋（しっぽうや）さんと、舞々子（まいまいこ）さんの妹の、照々美（てるてるみ）さんといっしょに」

ルウ子は、ふらつく足がちゃんと動くのをたしかめながら、立ちあがります。立ちあがろうとして、手をついた座席の感触（かんしょく）に、はっとしました。ざらざらとしているのに、かすかにやわらかい、これは――

「ケラエノなの？」

「そう。フルホンさんが、ドーシテモをつかったというわけ。それでわたしたち、あなたたちをさがしてたんだ。ケラエノが、ぜったいにこっちだって。あなたのにおいを、もうすっかりおぼえてるのね」

内側からゆだってゆくような熱（ねつ）が消えさり、かわりにうれしさが、体の中いっぱいにふくらみました。

「ケラエノ！　来てくれてありがとう」

ルウ子は細長いドーム状の天井を見あげて、飛行魚の名前を呼びます。それにこたえて、ルウ子たちをのせた乗り物が、ぐぅんといちど、かたむきました。ルウ子たちはいま、魚のおなかの中にいるのです。ドードー組合がお世話している空飛ぶ古代魚、飛行魚の中に。

ルウ子は、飛びあがりたい気分でした。七匹いるプレアデス魚団の、いちばん上のお姉さん、ケラエノは、ルウ子が大好きな魚なのです。やさしくて、はたらき者で、いたずら好きの、おばあさん魚です。安心から、ルウ子は大きく息をつき……その息を、あわてて飲みこみました。

飛行魚の中に、もうひとり、人がのっていたからです。

「ああっ」

お行儀もなにもわすれて、ルウ子はその人を、指さしていました。メガネをかけて、黒い上着を着た、その人は――ルウ子とサラが市立図書館で追いかけ、〝影の

男〟ではないかとうたがいをかけ、ホシ丸くんが自分を夢見た人だと思った人物。ウキシマ氏でした。

「ふたりとも、だいじょうぶだったかい。ひどいめにあったね……ぐあいはどうだろう？」

気づかわしげに、ルウ子とブンリルーを順に見やっています。おどろいているルウ子と、ぼんやりしたブンリルーに見つめられ、男の人は、ひどく場ちがいなところにいあわせたのではと心配するように、肩をすくめました。

「この人、やっと見つけたのよ。王国のあらわれた場所はしらみつぶしにさがしたんだけど、よりによって月ケ原なんかにいるんだもの、まいっちゃった。で、王国が氾濫してるんだってことも、本人は知らないんだから。わかってもらうのに苦労したわ」

ウララは、ピンとはねあがった尾羽をふりふり、ケラエノのおなかの中を歩きまわります。

「ホ、ホシ丸くんは？」

ルウ子は、〝影の男〟――ウキシマ氏に、つめよっていました。黒ぶちメガネに、ぐっと顔をよせると、ウキシマ氏はすっかり気おされたようすで、目をぱちぱちさせました。

「ホシ丸くん？　それは、きみのお友達？」

しっくりと落ちついた声なのに、その話し方はうわずって、とまどいきっているのがわかりました。

ルウ子は、心がずぶずぶとしずむのを感じました。いっしょにいるものだと思っていたのに――この人は、ホシ丸くんのことを知らないのです。深呼吸して、気持ちを落ちつかせてから、ルウ子は言いました。……信じてもらえるかどうか、すこし不安に思いながら。

「ホシ丸くんは、あたしの友達です。幸福の青い鳥で、希望のいちばん星で、冒険好きな男の子なの。――その子が、自分を夢見たのが、あなたなのじゃないかって。

いまきっと、あなたのことをさがしてるんです」

ウキシマ氏は、黒ぶちメガネのおくの目を、なんどもまばたきました。深い目でした。目鼻立ちのくっきりとした顔をしていて、ルウ子は、物語の本に出てくる親切なおじさんのような人だと思いました。

「すきまの世界へ来て、なにをしてたの？」

声をつまらせているルウ子にかわって、ブンリルーがたずねると、ウキシマ氏は、ななめにかけた革のかばんから、小さな箱をとりだしました。おそらく、七宝屋で買ったという、もずめ箱です。飾りも色もない、そっけない木箱のふたを開けると、中には、小石や貝殻、鳥の羽根やなにかの骨、石けんのかけらや虫のぬけがらが、仕切りにわけられて入っています。どれもが、かすかに光ったり、カタカタ動いたり、じょじょに形をかえたりと、箱の中で生きているのがわかります。

「……子どものころ、ずっと別世界のことばかり考えていたんだ。はずかしい話だけれど、大人になってからも、なんとなくそのころの空想がわすれられなくて……

ある日、きみと、たぶん妹さんだろうか、図書館でなにか呪文をとなえて消えてしまうのを、ぐうぜん見かけて、まねしてみたんだよ——カタツムリをさがして、子どものころに考えたでたらめの呪文をとなえて。勝手にそんなことをして、悪かったね。でも、まさかほんとうに、こんな世界があるだなんて……」

「それは、あんたが盗んだものなの？」

ブンリルーが、ぶえんりょに声をなげかけました。ウキシマ氏はぎょっとして、あわててかぶりをふります。

「とんでもない。ただ、なつかしかったんだ。子どものころの空想なんて、長らくわすれたっきりだったから……まさか、自分の思い描いた世界が、ほんとうにあるなんて。もしかして、もとの世界へ帰ったら、ただの夢になって消えてしまうんじゃないかって、それで小石やきれいなかけらを、拾い集めていたんだが……ひょっとして、こっちの世界では、小石を拾ったりするのはいけないことなんだろうか？」

ルウ子とブンリルーは、顔を見あわせます。

「悪いことじゃないけれど、あなた、神出鬼没の〝影の男〟なんてうわさされてるわね」

ウララが、腰に手をあてます。ウキシマ氏が、どうやら本気であわてているのを見て、ルウ子は、この人は悪い人ではなさそうだと思いました。

ルウ子たちは、ウキシマ氏に、王国のこと、ホシ丸くんのことを、話して聞かせました。先にウララが説明してくれていたおかげでしょうか、ウキシマ氏は、たいそう神妙なおももちで、ルウ子たちの話を、真剣に聞いてくれました。

「それじゃあ、ぼくがこの世界へ来たせいで、たいへんなことが起こっている……そういうことなのかい？」

眉間にしわをよせ、口をおさえて考えこむウキシマ氏に、ブンリルーだけがあっさりと、首をたてにふりました。

「おじさん……ウキシマさんは、どうして〈雨ふる本屋〉へ行かずに、ほっぽり森へ行ってたの？」

それは、ルウ子がずっと疑問に思っていたことでした。ウキシマ氏は、けれど意外そうに、おでこのしわをうねらせます。

「〈雨ふる本屋〉、だって？」

ウララが、くちばしをわりこませました。

「いつもこの子たちは、カタツムリの案内で、〈雨ふる本屋〉という本屋へ行くのよ。だけど、あなたの場合、目的地がさだまっていたので、いつもほっぽり森を通過することになったのでしょうね。目的地っていうのはつまり、あなたの考えた王国のことね」

おしゃべりなドードー鳥と、女の子ふたりにかこまれて、ウキシマ氏は青ざめた顔に、ひどく深刻な表情を刻んでいます。

「どうすれば、王国——ぼくの空想の氾濫は、止められる？」

「本を見てもらうことね」

ウララが、くちばしをつるりとなでました。

「ほんらいなら、あの本にはじめから王国の物語が書かれていて、氾濫（はんらん）を起こすことなんて、ないはずなの。なのに、できあがった本にはなにも書かれていなかった。あなたに、見てもらうしかないわ」

「巨人（きょじん）は？」

ルウ子は、ケラエノの鎧（よろい）のようなうろこで閉ざされた窓（まど）を、わずかにおしあげました。ケラエノはいま、空にある道、風脈（ふうみゃく）と呼（よ）ばれる風の流れの中を泳いでいて、外には緑や銀（ぎん）のまぶしい気流しか見えません。

「あの巨人（きょじん）も、ウキシマさんが考えたの？」

するとウキシマ氏は、いぶかしげにまゆ根をよせました。

「巨人（きょじん）、だって？」

「うん。地底の牢屋（ろうや）に閉じこめられていた、まぶたのない巨人（きょじん）」

ウキシマ氏は、いよいよ眉間（みけん）のしわを深め、首をふります。

「……いいや、知らないよ。すくなくとも子どものころのぼくは、そんなものは空想しなかった。だけど……」

ウキシマ氏は、ウララに包帯を巻いてもらっているブンリルーの手を見ました。

「こんなことになるなら、ぼくは、この世界へ来ないほうがよかったのかもしれないな」

ルウ子は、返事を見うしないました。あの巨人は、たしかに、どこかをめざして歩いているようでした……でもそれが、このウキシマ氏でないのだとしたら、いったいなにをめざしているのでしょう。

「さあ、とにかく、フルホンさんにこのことを伝えなきゃ。だけど、その前に——」

ウララが、おなかに力をこめ、堂々たる声音で、さけびました。

「目的地を変更！〈雨ふる本屋〉へむかう前に、鳥の国へ、サラをむかえに行くわ！」

ケラエノが、ブルッと勇(いさ)ましく尾(お)ビレをふるわせるのが、座席にも伝わってきました。

# 十八　夢見られた夢

座席にひざを立てて座りこんだブンリルーの前に、ウララは、ドサッとばかり、重そうな木箱を置きました。けげんそうに顔をあげるブンリルーに、ウララはふわりと頬(ほお)の羽をふくらませてみせます。

「これ、フルホンさんからあずかってきたの。ぜんぶ本よ、あなたにはどうしても必要だろうからって。だからって、なにもこんなにたくさんいるかなって思ったんだけど、『本よりだいじなものがこの世にあるか！』ってまくしたてられるのはわかってたから、おとなしくみんな持ってきたというわけ」

ウララの早口に、ブンリルーはぽかんとしていましたが、とにもかくにも箱の中身が本なのだとわかると、いちばん上にあったものからとりだして、お礼(れい)も言わずに読みはじめてしまいました。

「すきまの世界のほかの場所は、どうなってるの？　サラは、それに七宝屋さんや照々美さんも、ぶじでいるかしら……」

　ルウ子がたずねると、ウララは、ひたいにのせていたゴーグルをはずし、翼の先でレンズをキュッキュとふきました。

「わからない。でも、鳥の国には物見の姫がいるのだし、七宝屋さんもいっしょなら、心配はいらないでしょう」

　たしかに、そうかもしれません。鳥の国では、たったひとりだけ飛ぶことのできる姫が、国に危険がおよぶのを、だれよりはやく察知するため、いつも高く飛んで見張っているのです。万一、危険がせまれば、サラたちはそれをうんとはやく知ることができますし、それになんといったって、サラは、鳥の姫が持つ天傘とおそろいの、翼の傘を持っているのですから。

　けれど……

（王国って、そんなに危険なものなのかしら？）

ルウ子は、ふしぎに思いました。すきまの世界は、夢見られたけれど、かなわなかった願いごとたちが息を吹きかえす世界なのだといいます。それなら、王国と呼ばれるほどに、その夢が大きかったとしたって、入りきらないはずがあるでしょうか。大きな夢がすきまの世界にあらわれたからって、〈雨ふる本屋〉が漂流をはじめてしまうなんてことが、あるでしょうか。

ビィドロビン坂で、ルウ子たちが感じたきみょうな違和感と、サラが「さびしそう」だと言ったこと、そしてあの巨人……ただ、〈雨ふる本〉に閉じこめられていないというだけで、人の夢がこんな氾濫を起こすものでしょうか。

ウキシマ氏は、ひざの上で手を組みあわせ、なにか深い考えにしずんでいます。そのウキシマ氏の前、いちばんうしろの座席へ行き、ルウ子は思いきって、たずねました。

「あのう、王国のことを、もっと聞いてもいいですか？」

ルウ子の真剣な声に、ウキシマ氏は、わずかに目を細めました。その、かすかにこはく色がかった目のおくに、さびしそうなかげりがやどっているのが見えました。ルウ子にははかり知れない、深いかげりが。ウキシマ氏は、ゆっくりとうなずいてくれました。

「……子どものころ、ぼくは、病気を持っていてね。ずっと入院していたんだ。だから友達もいないし、病室のベッドがとなりで仲よくなった子は、しばらくするといなくなってしまうし……それで、ずっとひとりで、べつの世界の空想ばかりしていたんだ。病気なんかじゃないぼくが、自由に走りまわれる、冒険だってできる世界を……

川オオカミの群れ。水の中を泳ぐオオカミたちが、しぶきをあげて激流を起こすんだ。その川のそばには、風車小屋がある。小屋の中では、月から採掘した石を砕いて、砂糖をつくっている。

紙でできた森。木も土も木の葉も草も、白い紙でできていて、その森のどこかに、だれもが一生にいちど読むはずの、ひみつの伝言が書き記されている。

オーケストラの城。巨大な建築物で、心が呪いで縫いあわされたお姫さまがすんでいる。世界じゅうから、あらゆる楽器の奏者が集まってきて、呪いをとくため、お姫さまの心を動かす音楽をかなでようとするけれど、まだ、お姫さまに音楽をとどけられた者はひとりとしていない。

バルーニウム。たくさんの風船でできた、空中都市だ。風たちがすんでいて、七十年にいちど、天の竜がタマゴを産みつけにやってくる。天の竜には翼はあるけど、手足がないから一生を空を飛んで暮らしていて……」

話しながら、ウキシマ氏の目はしだいに明るい光をやどしましたが、ふっとはずかしそうに、自分でその光を消してしまいました。うつむいて、頭をかきます。

「――だけど、ほんとうは、もうわすれなきゃいけなかったんだな。もう、いい大人なんだから。ここは、きみたちのような子どもが冒険する場所だ。病気もなおって、ぼくには、王国はもう必要じゃない。王国を、どうしたら消せるだろう? きみたちの知りあいだというフルホン氏なら、その方法を知ってるだろうか？」

「消しちゃうだなんて、そんな……」

「心配ご無用よ、いま、お店の本棚をぜんぶひっくりかえして調べているから」

ウララが、明るい調子でくちばしをはさみました。

ルウ子は、くちびるをかみました。サラの言ったとおりです。この人は、とてもさびしそうです。もう王国が必要じゃないなんて、そんなふうには、とても見えないのです。それに……せっかく夢見たものを消してしまうなんて、このすきまの世界がそんなことを望むとも、思えません。

「かなめの柱のたりぬまま」――風船の群れに空へ持ちあげられたとき、風たちの声が言ったことばが、ふとよみがえりました。

小さな期待をこめて、ルウ子はさらにたずねました。

「ウキシマさんの想像した王国に、青い鳥はいなかったの？　おでこに、白い星のマークがあって、人間の男の子にもなれる……」

その問いに、ウキシマ氏は首をかしげました。

「いや、いなかった。それは、さっき言っていた、きみの友達だね？　……いなかったと、思うよ。ぼくの空想には」

自信のないその返事は、なぜだか、たいへん悲しげでした。

と、座席の前方でなにやらごそごそしていたウララが、「見て」とルウ子に呼びかけました。ふりむくと、布を張ってこしらえた翼を、ウララがせおっているところです。しぼみかけていたルウ子の心に、ふっと空気が吹きこまれました。

「ウララ、それ、自分でつくったの？」

「もちろん。わたし、ドードー組合のエンジニアだもの。あなたたちを見てて思ったんだ、自分で空を飛べるって、すばらしいって。だから、グライダーをつくったの。試作の段階だったんだけど、フルホン氏のドーシテモがあったおかげで、じっさいにつかうことができたというわけ。どう？　けっこううまくできてるでしょう？」

ルウ子がこたえるのを待たないで、ウララは手づくりの翼をせおい、ケラエノの胸ビレのうしろにある鎧戸を開けようとしています。

「いっしょに飛びましょうよ！」

ウララがさけびます。ふりかえると、ブンリルーは座席の上にまるまって、本に没頭しています。まるめた背中がしあわせそうな呼吸で上下するのを見て、ルウ子は安心して、ウララについてゆくことにしました。

鎧戸の外は、気流の川。ここは、飛行魚が長距離移動につかう風の道なのです。

ウララが気流の中へ飛びだしてゆき、ルウ子もすぐにつづきました。ひすい色の風のリボンに、銀のあぶくがからみつきながらうしろへ流れさってゆきます。青銅色のうろこに手をそえて、風の流れに流されてから、ケラエノの尾ビレにふれるすんでのところで、コウモリガッパの翼をひろげました。

風を切り、ケラエノの顔へ近づきます。飛行魚は、シーラカンスにそっくりの体をしています。重々しいうろこに、手足になりかかったかのような、肉厚のヒレ。

そして、ルウ子はケラエノの、大きなまるい目をのぞきこみました。

「ケラエノ！　元気だった？」

飛行魚のまんまるな目が、くりくりっと動いて、ルウ子に親しみのこもったあいさつを送りました。ケラエノの目は、まるで内側に真水をたたえたまるい窓です。やさしくなつかしい瞳が、ルウ子のすがたをうつします。

「元気もなにも、前回あなたたちをのせてから、この子、ますます仕事が楽しくなっちゃって。六匹の妹たちのだれよりも、あちこち飛びまわっているわ」

手製の翼をたくみにあやつりながら、ウララがケラエノの頭の上にあらわれます。

「ウララ、ドードー鳥って、飛べるのね！」

風にかき消されないよう、ルウ子は声を張りあげます。ウララの笑い声が、風のリボンに巻きとられながら、こちらへひびいてきました。

「フルホンさんったら、大激怒だったけどね。『きみは、われわれドードー鳥の進化を否定するつもりかね！』ですって！」

ルウ子も笑いました。笑いながら、ケラエノの深い瞳をのぞきました。

「ねえ、ケラエノ。あたしの妹のサラも、飛べるようになったのよ。すごいでしょう?」

ケラエノは、なにもしゃべりません。けれど、その青いくちびるると、透明な膜でまもられた瞳のおくを見ていると、ルウ子には魚の気持ちがわかる気がするのです。ケラエノが、ルウ子にまた会えたことを、よろこんでくれているのが。そして……なにかを思いだせと、ルウ子に伝えようとしているのが。

ケラエノの澄んだ瞳がちらちらと動きます。その、視線の先――ルウ子は、はっとポケットをおさえました。そこに入っている、ルウ子の物語のノートを。

ルウ子の動作にうなずくように、ケラエノの青いくちびるが、魚だけにできる古式ゆかしい頬笑みを浮かべました。

あたらしい〈雨ふる本〉に書かれているはずだった王国の物語は、白紙でした。もしもそれを、書きとめたら? ルウ子のノートは〈雨ふる本〉ではありませんが、もしも、王国のことを書いたら……

ルウ子の胸の中で、せわしない歯車がめぐります。もし、それを物語に書けば、氾濫を止める手立てが、見つかるかもしれません。たとえ、ささやかなヒントだけだとしても……胸にめぐりだした歯車につき動かされ、ルウ子はウララにむかって、さけびました。

「ウララ、あたし、中にもどるわ！」

「そう？　じゃ、わたしはもうしばらく飛んでる！　右の翼、もうちょっとだけ調整が必要ね」

どなりかえすウララのことばがおわる前に、ルウ子はコウモリの翼を小さく旋回させて、わずかだけ開いた鎧戸のすきまから、飛行魚の中へ飛びこみました。黒い翼をたたむと、ケラエノの中を走り、おくの座席のウキシマ氏の前に立ちました。

「あの――ウキシマさん。お願いがあるんだけど」

ウキシマ氏は、ルウ子のことばをしっかり聞こうと、こちらへ目をむけます。小さな女の子だからといって、ルウ子をまともに相手にしないつもりなんて、まったく見うけられません。ルウ子は思いきって、その目を見つめかえしました。

「あたし、物語を書くのが好きなの……将来、作家になりたいんです。ウキシマさんの王国のお話を、書いてみてもかまわない？」

ウキシマ氏はちょっとおどろいた顔をしましたが、ひげのはえた口もとにひかえめな笑みを浮かべて、うなずきました。すこしまぶしそうに、ルウ子を見やって。

「きみは、りっぱな夢を持っているんだね。もちろん、かまわないよ」

「ありがとう」

ルウ子はきびすをかえし、本に熱中しているブンリルーのむかいの座席に座ると、ポケットからノートとペンをひっぱりだします。

そうして、書きはじめました。

# 十九　王国の物語

ルウ子のペンは、インクの入っていない、すっかり透明なボールペンです。ルウ子がノートをひろげ、ペンをかまえると、透明な軸の中に、するするとつる草もようを描きながらインクがあらわれました。つめたい冬の雨にもにた、淡いむらさきのインクです。

このペンは前に七宝屋で買ったもので、気ままインクのペンといいます。いつもはまったく透明で、手に持ったときに書きたいことや、浮かんでいるアイデアにぴったりの色のインクが、中にあらわれるのです。このインクの色が、いまからルウ子の書こうとしているものにあっているのかどうか、わかりませんが……

ブンリルーは本を読み、ウキシマ氏は考えにしずみながら、もずめ箱に集めた小さな品々を見つめています。そのうつむいた顔をちらちらと盗み見ながら、ルウ子はペン先で、トントンとページをつつきました。

灰色がかったむらさきの点が、小雨のもようを紙の上につけてゆきます。

『……病院のベッド……男の子は、空想します……王国の夢を見ます……』

(ちがう。だめだわ。こんなじゃない)

たよりない文字を、ルウ子は上から線をひいて消しました。

『ベッドはまっ白。男の子は、空想のために、色がほしいのでした。おみまいのお花や、キャンディの色……見えない絵の具で、王国をかくのです。……』

これもまた、ちがいます。ルウ子は文字を消し、いちど息をととのえて、目を閉じました。正しいことばが浮かびあがってくるのを、しんぼう強く、待ちました。浮かびあがってきたそれを、まちがえずにペン先につかまえられるように……

『……まっ白な病院のベッドで、ぼくはあらゆる色をつかって、見えない絵をかくことができる。ぼくにしか見えない絵は、動きだす。ぼくはそこへ、でかけてゆける。うでには点てきがつながれて、ベッドからおりることはできないけれど、ぼくは自分でえがいた絵の世界へ、いつだってでかける。

その世界は、王国という。――』

ルウ子の胸が、どきどきと高鳴りました。なにかいけないことをしている、あるいは、非常に危険な冒険へのりだしたような感覚が、ペンを持つ手をふるわせました。

指の先で、物語が動きはじめました。

王国はもちろん、ウキシマ氏のもの、ウキシマ氏だけの空想の世界です。けれど、書いてみないではいられなかったのです。ルウ子たちが見てきたビィドロビン坂やバルーニウム。さっきウキシマ氏の口から聞いた王国のべつのすがた。ウキシマ氏も知らないという、まぶたのない巨人について……

書いてみれば、なにかがわかってくるのではないか、さっきケラエノの瞳をのぞきこんだとき胸にやどった予感が、ルウ子の胸に、深く根を張りだしました。

ふるえるペンが、つぎの文字を、またつぎの文字を、ノートにつらねてゆきます。

『ぼくは熱がひどいとき、風車小屋のおじさんのところへゆく。風車小屋の上は、いつも月夜だ。ガラス玉みたいな月、夜空は星をちりばめすぎたせいで、昼間よりもあかるい。

月光のお砂糖をもらうと、ぼくの熱はいつも、すうっとよくなる。

ありがとうをいって、風車小屋をでると、川オオカミの群れが走ってくるところだった。銀色の毛なみの、すごくりっぱなオオカミたちだ。みんな、青い目をしている。ぼくは、あのオオカミたちみたいにはやく走りたい。

「のりなさい！」

先頭を走るオオカミが、こっちへ呼んだ。ぼくは、いっしょけんめい走っていって、川オオカミの背中にまたがった。月のお砂糖で熱がさがって、川オオカミの背にのって走って、ぼくはもう、なんにもこわいものなんてなかった。

オオカミたちが遠ぼえするので、ぼくもいっしょにほえた。ぼくの心臓は、ほかのだれのものよりも、力づよくうっていた。』

（そう。きっと、こんなふうだった。ううん、これは、あたしの空想だけど。あたしの？　ちがうちがう、これは、子どものころのウキシマさんの空想よ。だけど、とにかくそれを、書いてみなくちゃ……）

つらなる文字の先に、ルウ子は、ペンを走らせつづけました。

『川のむこうから、大きなカメがおよいできた。こうらの上に、鳥かごをのせている。その鳥かごの中に、青い鳥がいた。鳥かごにはいったまま、カメにのってつれられてゆく。

「おーい！」

ぼくは、その青い鳥に呼びかけたけれど、返事はなかった。川オオカミの群れと、鳥かごをのせたカメが、すれちがった。それきりだ。

「さあ、川オオカミが走るのは、ここまで。もう夜が明けます。おまえは、紙の森へゆかなくてはなりませんよ。そこには、おまえが一生にいちどしか読むことのできない、ひみつの伝言が書かれてあるのだから」

それで、ぼくは川オオカミの銀の背中からおり、朝日をあびたオオカミたちが、水にとけてゆくのを見おくった。紙の森をめざそうと歩きだしたぼくを、けれども、だれかが呼びとめた。

「ぼっちゃん、未来をおひとついかがです」

新聞紙を着たうらない師が、木箱をテーブルにしてすわっている。はやく紙の森へゆきたかったけれど、ぼくは、未来なんてこわくないぞと、勇気をしめしたかった。それで、うらない師にいった。

「わかった。うらなってもらおう」

するとうらない師は、糸切りバサミをあやつって、こまかな切り絵をつくっていった。木箱の上に、たおれた子どもと、泣いている目がいくつもならんだ。

「……ざんねんながら、病気の力のほうが、つよいようで」

うらない師は、にやにや笑ってそういった。

「しんじるもんか！」

ぼくは、走った。うらない師のいうことなんて、うそだ。紙の森にゆけば、ほんとうのことが書いてある。きっとそうだ。』

書くうちに、ノートの上で、ルウ子の想像する王国と、すきまの世界とが、しだいに織りまざってゆきましたが、ルウ子はかまいませんでした。いいえ、ルウ子がどう思おうが、書く手が止められなかったのです。

ルウ子は、〝影の男〟を追ってふみこんだときよりも、〈雨ふる本屋〉が漂流をはじめたときよりも、ウキシマ氏から聞いたときよりも、いま、文字にして書いているいま、王国をいちばん身近に感じていました。自分もそこで遊んだことがあるかのように。自分も、病院のベッドで苦しんだかのように。

（巨人は？　巨人はどこにいたの？　ブンリルーの言ってたとおり、あの巨人も、王国とかんけいないはずがない……）

『きょう、ぼくは、王国のことをなにも考えなかった。だってゆうべ、ひと晩じゅう、紙の森をあるきまわっても、ぼくへの伝言は見つからなかったんだ。紙の森は、どこもかしこも、まっ白でなにも書かれていなかった。このベッドとおなじに。

ぼくの心臓のあるはずのところには、なんにも入っていない気がする。

「がんばって、手術をうけてみましょう」

お母さんがいった。

お医者さんがはげました。

「だいじょうぶ、きみはつよいから、きっとのりきるよ」

お母さんの顔は、金メッキのお面みたいだ。ぼくをこわがらせないように、笑っていようってお母さんが決心したのを、ぼくは知っている。お父さんの金メッキは、もうちょっとへただった。ときどき、泣きそうな顔をしている、そしていつも、つかれている。

ぼくがいると、みんなくるしいんだ。体に、また熱がある。ぼくの体なのに、ぼくの思うとおりにならない。ぼくが生きているこの体は、ぼくのものじゃないみたいだ。

たすけて。熱がどんどん高くなる。かなしそうな顔が見える。「がんばれ」って声がきこえる。かなしむ顔も、がんばれという声も、ぼくをすごく怒らせる。こんなの、ひとつだって、ぼくのせいじゃないのに！

ぼくは目をつむって、王国へゆこうと思った。

だけど、たどりついたのは、ゼリーの海でも、ビィドロビン坂でも、オーケストラの城でもなかった。まっ暗な土の下、しずかな川のながれる地下のどうくつに、ぼくはいた。

ぼくは、ぎょっとした。川のむこうに、岩でできたろう屋があったからだ。その中に、巨人が閉じこめられていた。とげだらけの体をしている。ぼっかりと開いたふたつの目が、じっとぼくを見ている。まばたきもしない。巨人には、まぶたがないんだ。

こわくて、ぼくはにげだした。走って、にげた。巨人が、まだこっちを見ている。ずっとこっちを見てる……

「たすけて！」

さけんだら、またベッドの上にいた。

なみだがでて、点てきのないほうのうでで、顔をおさえた。ぼくは怒ってる、そしてこわくて泣いている。ベッドのよこから、お母さんが「だいじょうぶよ」となぐさめたけれど、お母さんは、あの巨人を知らない。だから、ぼくはちっとも安心できない。

心臓が、びくびくとうっていた。おしこめたいくらい、うごいている。ぼくの、心臓。』

ルウ子の心臓から伝わってゆく文字、それは、いつしか色をつめたい小雨のそれから、どす黒さをふくんだ赤へ変化させていました。ルウ子の心臓もまた、おののいていました。これから、この文字のつらなりが、どこへむかおうとしているのか

……

『王国へゆくと、またあの巨人のろう屋のまえにいた。巨人がじっとこっちを見ている、まぶたのない目で。

　その目をよけようとして、手をかざして、ぼくは、ぎょっとした。心臓をもぎとられたみたいだった。ぼくの手にも、びっしりととげがはえていたんだ。あの熱のせいだろうか？　ひどい熱のせいで、体に、とげがはえたんだろうか？

　巨人と、おなじだ。とげだらけの。ぼくの体も、巨人とおなじになってしまった。

　ひょっとして、あの巨人は、もうひとりの』

「ルウ子？」

　呼ぶ声に、ルウ子は半分悲鳴をあげそうになりながら、顔をあげました。いつのまにかブンリルーがそばに立って、ルウ子の顔をのぞきこんでいます。

「なにを書いてたの？　あたらしいお話？　あたし、読んでもいい？」

ものほしそうにノートを見ようとするブンリルーから、ルウ子はあわてて、自分の書いた文字をかくしました。ペンをにぎっていた手が、こわばって、かすかにふるえています。

「だ、だめ、これは……ちがうの」

「そう」

ブンリルーは、すこしだけざんねんそうな顔をしましたが、すぐに三つ編みを肩（かた）のうしろへはらって、ケラエノの鎧戸（よろいど）のほうを指さしました。

「鳥の国へ着いたって」

ルウ子は、あわててノートとペンをポケットにしまいます。ケラエノの飛行がおわっていることに、ちっとも気がつきませんでした。あざやかな花のかおりが、かわいた夜風にのって、飛行魚（ひこううお）の中へ流れこんできます。

「——ケラエノだ！」

外からサラの声がして、ルウ子たちは大いそぎで、鳥の国のある砂漠（さばく）へおり立ちました。

## 二十　博物館の種

見あげると、なんとたくさんの星が、夜空に呼吸していることでしょう。淡い銀色をふくんだやわらかな砂の上に、ケラエノはわずかだけヒレをふれて着地しています。

目の前には、真水と植物の緑をたたえて、黄金の明るさをまとった建物が空へとそびえ、そのオアシスから、傘をにぎったサラがこちらへ飛んでくるところでした。

サラの元気な顔に、ルウ子はほっと胸をなでおろします。翼の傘に風をはらんで、サラは軽々と泉を飛びこえ、ルウ子たちのほうへむかってきました。

砂漠の上空には、際限のない星の光がふくざつな刺繍を描き、うんと遠い時間をめぐってとどいた明かりは、鳥びとたちの暮らす小さな国を見まもっています。ここには、まだ王国の氾濫はおよんでいないようでした。

星の見えるところへ……七宝屋は、ウキシマ氏がそこへ行こうとしていたと言ったのです。ルウ子はとっさに、ホシ丸くんが近くにいないかと、こうべをめぐらせました。——ところが、高くさえずったのは、ルリ色の小鳥ではなく、サラが持つのとそっくりな翼の傘をさして上空を飛ぶ、一羽の白い小鳥でした。

「いらっしゃい！　読みどおりだわ、そろそろ来ると思っていたの！」

天傘で空を舞い、見張りの役目についていた鳥の姫が、こちらへむかって呼びかけました。塔の上から、みごとに気流をとらえて舞いおり、サラとならんで飛んできます。サラと鳥の姫は、体の大きさもつくりもまるでちがうのに、おかしなくらいにているのです。そのせいで、はじめてこの国へ来たとき、サラはあたらしい鳥の姫にまちがえられてしまったくらいです。

白い綿ボコリそっくりな鳥の姫は、サラのそれと同じ純白の傘を星空にぼうっとかがやかせて、うれしそうにルウ子たちを出むかえました。

「サラたちから、話は聞いたのよ。またまた、おかしなことが起こっているのね」

ひらべったいくちばしから発せられるその声は、おもちゃの笛の音とそっくりです。

「はじめまして、鳥の姫さま」

ケラエノからおりたウララが、うやうやしく、けれどとてもにこやかに、鳥どうしのあいさつをかわしました。

「わたしは、ドードー組合から来たウララです。そのとおり、またしてもおかしなことが起こっているんだけれど、まあすきまの世界でおかしくないことなんてほとんどないんだし、それほどあわてることもないわ。ルウ子たちをさがしているとちゅうで、王国の主も見つけたし、うまくいけば、すきまの世界が前よりちょっとにぎやかになるくらいでおさまるでしょう」

早口でまくし立てるウララに、鳥の姫は全身のにこ毛を、ゆかいげにふくらませました。

「ドードー組合も動いてくれるというなら、たのもしいわ。わたしも、もっと遠くまで物見の目をきかせましょう。――ところで、あなたがたの友人が、果樹園をすっかりよくしてくれたのよ！」

鳥たちにおしゃべりの機会をすっかりうばわれていたサラが、砂の上にふわりと着地し、ルウ子の手をつかまえました。

「お姉ちゃん、照々美さんが肥料をまいたらね、すごいの！　ももの木が、すっかり生きかえっちゃった！　サラもお手伝いしたのよ。お姉ちゃんも、見に行こう」

そう言って、ルウ子とブンリルーの手をひきかけたサラは、ふたりの背後に、もうひとりの人物がいるのに気づいて、あわててルウ子のうしろにかくれました。

ケラエノの出入り口から、ウキシマ氏がこちらをうかがっています。ウキシマ氏は、鳥の国の神秘的なたたずまいに、すっかり心をうばわれているようすでした。

「やあ、こんにちは」

ウキシマ氏はそっとケラエノからおりてくると、子ネズミのようにかくれたサラに、体をかがめて呼びかけました。

「聞いたよ、おじさんのせいで、きみのだいじなカタツムリがいなくなってしまったんだって。……ごめんよ」

サラは、ルウ子のコウモリガッパをぎゅっとつかんだまま、ウキシマ氏の顔を見あげます。それから、ルウ子とブンリルーに、問いかけるまなざしを順ぐりにむけたのですが、ルウ子はさっき自分が書いたものから、まだ半分ぬけだせずにいましたし、ブンリルーはというと、すっかり青白い顔をして、全身をこわばらせているのです。

「ブンリルー、よく来てくれたわ」

鳥の姫が、天傘でくるくると回転します。

「顔をおあげなさい。あんたはもう、自在師じゃないのよ。この国に、あんたをとがめようと思う者なんて、ひとりもいないわ。さあみんな、はやく来て、果樹園を見て。伝えなきゃいけないこともあるの」

鳥の姫がそう言ってオアシスのほうをむき、飛びはじめたので、ルウ子たちもついてゆくしかありません。ウララは、ケラエノにここで待つようにと言って、どうしていいかきめあぐねているウキシマ氏のおしりを、翼ではたきました。

「いっしょに行くのよ、きまってるでしょ！　王国のことを解決するには、あなたがいなきゃ話にならないんだから。さあさあはやく、あなたは、ここに負けないくらいすばらしい王国を、想像したんでしょ？　鳥の国に見とれていないで、さあはやく」

鳥の姫にいざなわれて、オアシスをまわりこみ、ツタやカズラといっしょになって空へとのびる鳥の国の建物のうしろへむかいます。そこに、果樹園がありました。

「わあ……」

ルウ子は思わず、声をもらしました。

そこには、〈雨ふる本屋〉で育ったのと同じ、砂漠桃の木が何百と植わっていて、いまやどの木も、やわらかな若葉を砂漠の風にさやさやとそよがせているのです。

ももの木々のあいだから、金色のリスザルがかけてきて、サラの体にはいのぼりました。サラとマゼランはすっかり仲よくなったらしく、サルは金色の衿巻になって、サラの首にしっぽを巻きつけます。

体は人間、首から上はさまざまな種類の鳥の顔をした鳥びとたちが、果樹園のさらにむこう、砂漠にちらばって、いそがしくはたらいていました。タカに、オウム、シギ、モズ、オオハシ、ミサゴ……頭はみんなさまざまですが、体には同じ、空豆色と紺色の布地でできた上品な衣をまとっています。鳥びとたちのかかげるひかえめなランプの明かりが、砂漠にぽつぽつとともっています。

「照々美さーん！」

サラが、果樹園の中へ走ってゆきます。ルウ子は、ブンリルーにいっしょに行こうと目くばせをして、サラがはだしになっているのに、気がつきました。運動靴では、砂漠の上は歩きにくいのです。走りながら、ルウ子も靴と靴下をぬいで、手に持ちました。こまかな砂が、足の指のあいだにじゃれついてきます。

（まるで、ホシ丸くんみたい）

心がすこしだけはずんで、ルウ子はもっとはやく走りました。ブンリルーは、黒い長靴をぬがないまま、ルウ子のうしろからついてきました。

果樹園の中心に、照々美さんはいました。鳥びとたちが用意したのらしい、きゃしゃな金細工の椅子に腰かけています。照々美さんのかたわらにはガラス製のテーブルも置かれていて、その上には鳥びとたちが手にしているのと同じ、淡い銀のランプが、しずかに光っていました。

「ルウ子、ブンリルー、見て。どの木も元気をとりもどしたわ。わたし、こんなにかいのある仕事をしたのは、なんだかひさしぶりよ」

照々美さんが、蝶のとまった帽子をゆらして、頬笑みます。どこにいても、うららかな庭の気配を身にまとった照々美さんを見ると、ルウ子たちは、すきまの世界に異変が起こっていることも、自分たちが巨人を追って発熱ガスにやられ、ひどいめにあったことも、夢かなにかに思えてしまいそうでした。

ピルル、と鳥の姫が、天傘で枝のあいだをたくみにすりぬけて飛びまわりながら、さえずりました。

「すばらしいでしょう？　ももがみのったら、きっとあなたたちにふるまうわ。——さて、それじゃああたしは、物見にもどるわね。またあとで！」

傘に気流をとらえると、鳥の姫はすばらしいはやさで上昇し、果樹園の上、塔のてっぺんよりさらに高く舞いあがってゆきました。

ガラスのテーブルには、なみなみと真水の入った水差しとキリコ細工の脚つきコップがのせてありますが、その水を主に飲んでいるのは照々美さんではなく、そばに立っている七宝屋のほうでした。

「いやいや、お嬢さんがた！　ほっぽり森へは入れませなんだでしょう、やはり。しかし、ごぶじでなによりです。ごらんください、照々美さんのおかげで、果樹園がたちどころに息を吹きかえしました。——ちょっと失礼。お水を。いやあ、あたくしはふだん、沼水を飲みつけておるのですが、オアシスの真水もまた格別ですな」

つめたい水をくいっと飲みほして、七宝屋はのっぺりと笑います。その金色の目が、追いついてきたウキシマ氏のすがたを、ぬらりととらえました。

「おや、お客さまも、ごいっしょでしたか。――さて。巨人はどうなったのです？」

ルウ子とブンリルーは、巨人がなにかをさがすように歩いていってしまい、見うしなってしまったこと、けれど、ウララとケラエノがたすけに来てくれたことを話しました。

「それで、このウキシマさんが、王国を夢見た人なんだって。でも、あの巨人のことは知らないって……それに、ホシ丸くんのことも」

言いながら、ルウ子は、ほかの人の口を借りているような気持ちがしていました。たしかに、ウキシマ氏は巨人のこともホシ丸くんのことも、知らないと言いました。けれど、それはほんとうではないという気がするのです。ウキシマ氏は、自分で気がつかないだけで、巨人もホシ丸くんも、夢見たことがあるのではないかという気が……

(……だけど、それは、あたしが勝手にそう思ってるだけかも)

ルウ子はコウモリガッパの上から、ポケットに入ったノートとペンを、ぎゅっとおさえつけました。

ルウ子が書いたのは、ただの空想ではありませんか。ウキシマ氏から、くわしく話を聞いたわけでもなく、自分の想像だけで、勝手に書いたのです。それをほんとうのことだと思おうとするなんて、まともだとは言えません。

けれど……

まるきりのうそではない、なにかたいせつなものにふれてしまった感触が、胸に根を張ってしまっていました。

すっかりだまりこんでいるルウ子を、サラが気づかわしげに見あげています。

「お姉ちゃん、見て」

ルウ子とブンリルーをはげますように、サラは、照々美さんのかたわらのテーブルの上を指さしました。コップの横に、サラが七宝屋で買ったドロップ時計が置かれてあります。時計の中の鉱石は液体に形質をうつろわせながら、ごくゆっくりとしたたり、下のガラス玉でまた石になって、うずまきの形をつくりかけています。

「お姉ちゃんたちを待ってるあいだ、時計をつかってたの。そしたら、こんなきれいな結晶ができてきたのよ。それでね、照々美さんが、ここに博物館をつくるんだって」

「え？」

思わず、耳をうたがいます。くすくすと、照々美さんが笑いました。

「サラ、つくるんじゃないわ。わたしに、建築はできないもの。出現させるのよ。姉さんのお店はあのとおり海の上だし、ここならひろい地面があるから」

あけぼのの色をした照々美さんの目は、果樹園をぬけて、はるかまでひろがる砂漠を見やっています。そこでは鳥びとたちが、砂の地面を見おろして、なにやらせっせとはたらいているのです。帽子の蝶が、翅をはためかせました。

「いま、鳥びとたちに、博物館の種をまいてもらっているの。博物館の出現には雨も必要だから、姉さんにも連絡（れんらく）をとったわ。通信カズラで伝えたのだけど、そろそろ返事の来るころだわ」

まるで、照々美（てるてるみ）さんがそう言いおえるのを、見はからっていたかのようでした。

ポツポツと、砂漠（さばく）の果樹園（かじゅえん）のただ中に、数滴（すうてき）の雨つぶが落ちてきたのです。

雨つぶは、空中で一瞬停止（いっしゅんていし）し、ひとつぶずつ、文字を形づくってゆきました。

『ア』

『ネ』

『ハ』

『ク』

『ロ』

『ウ』

『シ』

『マ』

『ス』

「『姉は、苦労(くろう)します』――だって。なあに、この雨手紙」

ブンリルーが、おかしそうに三つ編みをゆらします。

「お姉ちゃんが書いたんじゃないよね?」

サラがいぶかしげに言うので、ルウ子はこらえきれずに、笑ってしまいました。

そうしてサラの目をまっすぐ見ると、こんどはちゃんと自分の口で、言いました。

「サラ、あたし、ウキシマさんの王国をまわってみようと思う。ホシ丸くんと巨人(きょじん)を見つけるには、そうするのがいいと思うの」

「あたしも行く」

ブンリルーが、すかさずうなずきました。

サラは、ちょっとのま、ぽかんと目をまるくしていましたが、くちびるをへの字にして考えこむと、顔をあげ、こたえました。

「じゃあ、サラはここにいる。サラ、照々美(てるてるみ)さんのお手伝いをするの」

いっしょに来るものとばかり思っていたルウ子は、おどろきました。たしかに、氾濫を起こした王国へむかうより、鳥の姫の物見によってまもられたこの場所にいるほうが、安全ではありますが……

サラは、ルウ子がさっきからポケットをおさえつけたままでいるのを、じっと見ていました。

「お姉ちゃんは、だいじなことをしに行くんでしょう？　照々美さんの、博物館みたいに。だったら、サラも、ここでお仕事をしてる。サラのカタツムリが、はやくもどってくるように」

ルウ子の頬が、赤くなりました。物語を書こうとしていることを、サラに見透かされてしまったのです。ルウ子が物語を書いたからといって、王国も巨人もホシ丸くんもどうにかなるとは思われませんが、それでもサラは、ルウ子がきめたことを信じてくれているようでした。泣き虫のくせに、また、あのお姫さまの顔をして。

そのサラの肩から、しっぽを巻きつけていたマゼランがするすると伝いおり、ルウ子のまるめた靴下を入れた靴をパッと手からうばいました。リスザルはそれを、きちんとそろえてガラスのテーブルの下に置きました。もどってきたときに、またはけるように。

「……わかった。照々美さん、サラをお願いします」

ルウ子が頭をさげましたが、照々美さんは首をかしげて笑うばかりでした。

「あらまあ、わたしもサラと同じ、妹だから、あまりあてにならないかもしれないわ。——でも、心配しないで。雨手紙がとどいたから、もうじき、姉さんが来てくれる」

「ウキシマさんは、どうなさいますかな」

七宝屋が、こまったようすで立ちつくしているウキシマ氏に、問いをむけました。

ウキシマ氏は、のろのろと頭のうしろをかき、それからうなずきました。

「ぼくは……また、自分でうろうろしてみようかと思います。王国を止める手がかりをさがしに。あの巨人のことはわからないが、王国は、ぼくの責任なのだから」

七宝屋は、うでを組んで目を上へむけました。

「はあ、そうおっしゃるなら……そうです、〈雨ふる本屋〉さんをたずねてみられてはいかがです。いま、店主のフルホンさんが、王国について調べておいでです。知恵者でいらっしゃいますから、きっとよい案を見つけておいででしょう」

「フルホンさんが？　知恵者だなんて、本気で言ってるの？　あの人はただの本の虫、〈読みあさり文々〉となにもかわりやしないわ」

ルウ子は、思案げな顔のまままきびすをかえそうとするウキシマ氏を、あわてて呼びとめました。

「待って！　ウキシマさん、七宝屋さんから聞いたの、星の見えるところへ行こうとしてたって。王国に、そんな場所があるの？」

するとウキシマ氏は、眉間に深く刻まれたきりのしわを、ほんのすこしだけやわらげました。

「……ああ。〝流星ヶ丘〟というんだ。ぼくの王国で、ほかのどこよりも美しい場所だよ」

ウキシマ氏のこたえは、それきりでした。

七宝屋（しっぽうや）に、ウララに、照々美（てるてるみ）さんとルウ子とサラに、ウキシマ氏は目を閉じて頭をさげると、つま先をむこうへむけて、歩きだします。黒い上着のうしろすがたは、息を吹（ふ）きかえした果樹園（かじゅえん）の木々のあいだにあっというまに見えなくなり、そうしてウキシマ氏は、ひとり、行ってしまいました。

「じゃあほら、行きましょ。ケラエノを待たせっきりだもの、あの子、じれったい思いをすると、飛び方が乱暴（らんぼう）になるのよ。もうおばあさんだっていうのにね」

ウララが尾羽（おばね）をプルプルッとふるわせ、そうして、ルウ子たちはふたたび出発することになりました。

「サラ、ぜったい、ぜったいに、照々美（てるてるみ）さんや七宝屋（しっぽうや）さんのそばを、はなれちゃだめよ」

念（ねん）をおすルウ子に、サラはすこしばかりまゆをよせ、その肩（かた）の上から、マゼランがべっこうアメの目を光らせます。

「お姉ちゃんこそ。ちゃんと気をつけてね」

そしてサラは、見送りのあいずに、白い翼の傘を、パッとかかげました。

「いってらっしゃい！　サラ、ここで待ってるからね！」

サラの力強い声が、みんなの背中をおしました。

# 二十一　物語が物語る

ルウ子とブンリルー、ウララは、ふたたびケラエノにのって、空の旅をはじめました。

「鳥の姫、怒らなかったわ。ほかの鳥びとたちも」

座席の上でひざを抱いて、ブンリルーがぽつりとつぶやきます。ほがらかな声で、それにこたえるのはウララです。

「そんなに、おどろくことじゃあないわよ、だってあんたは、自分のしたことをじゅうぶん悔いてるんだもの。あんたのしょげかえったようすを見れば、だれにだってわかるわ。それよりも、顔をあげてなさいって、鳥の姫は言ったでしょう？　どう、フルホンさんみたいに本ばかり読んでいないで、あんたもグライダーをためしてみる？」

けれど、ブンリルーは三つ編みをふるふるとゆすってかぶりをふり、また本に顔をうずめてしまいました。

そうしてルウ子はというと、ケラエノにのってからずっと、書いていました。気ままインクのペンをにぎって、ルウ子が想像するウキシマ氏の王国の物語を。まるでペンがひとりでに動いているかのように、ルウ子の手は書きつづけました。

『ある日ぼくは、バルーニウムで竜のタマゴがかえるのを見まもっていた。

天の竜の体は、もも色のうろこでおおわれている。つばさはすきとおって、魚のヒレみたいだ。手も足もないこの竜は、一生を風の中ですごし、七十年にいちど、タマゴをうみつけるときにだけ、バルーニウムへやってくる。

ぼくは、白い風船の上に、はらばいになっていた。タマゴは、銀色の糸で、ねんいりに風船にとめつけられている。お母さん竜がまきつけておく、この銀の糸のおかげで、タマゴがうっかりころがり落ちることはない。

　パキパキと、ひびが入りはじめた。もうすぐ、赤ちゃん竜（りゅう）がうまれる。ぼくは、もうすぐうまれるこの竜（りゅう）と、友だちになろうと思っていた。

　もうすぐだ、ほら、からにあなが開いて、小さな顔が見えた。ピンクのうろこだ。それに、なんてきれいな水色の目。

「おいで」

　よぼうとして、手をのばした。そのとき、ぼくは、左手を風船についた。ぐっと、そこに体重をかけた。

　ぱあんと、風船がわれた。ぼくの手に、そうだ、とげがはえていたからだ。落ちる。タマゴからでてこないまま、竜（りゅう）も落ちてゆく。

　ぼくは、まばたきできなかった。われた風船のかけらも、タマゴのあなからこっちをじっと見ている赤ちゃん竜（りゅう）の青い目も、ぜんぶ見ていた。

　ぼくの目にも、まぶたがないんだ。』

「ケラエノ、どうしたっていうの？」

ウララの声です。ウララは、どたどたと座席のほうへ走ると、鎧のうろこを一枚おしあげて、外が見えるようにしました。ブンリルーが本を置き、移動してきてのぞきこみます。ルウ子も、ちらと顔をあげました。

「竜だわ」

ケラエノのすぐそばを、細長い体をした竜が、幾匹かじゃれまわるようにして飛んでいるのです。もも色のうろこにおおわれ、翼はケラエノのヒレと同じに透きとおっています。手も足もない竜たちは、空気の中をすべるようなかろやかさで飛んでいます。

「かわいい竜じゃない、ケラエノ、あわてなくてだいじょうぶよ」

ウララが、飛行魚に呼びかけました。窓の外を飛ぶ竜たちに、じっと目をそそいでいたブンリルーが、すこし声を低めて言いました。

「……すきまの世界のじゃない」

ウララが、くるっと目をまるくしました。

「王国のものだっていうの？」

ブンリルーがうなずきます。

ルウ子の胸を、手を、目に見えない何百もの糸がひっぱっています。そのきみょうな感覚に、ルウ子はペンをぐっとにぎることで、たえました。……ウキシマ氏の話で聞いた天の竜は、あんな色だったでしょうか？　手足がなく、一生を空の上ですごすとしか、ウキシマ氏は言わなかったのではありませんか。うろこの色、翼のさまを書いたのは、ルウ子です。

それが……それが、ほんとうになっているのです。

ほっぽり森や、願いごとを通す大トンネルといった、人間の夢と深くかかわる場所でなければ、〈夢の力〉を発揮することはできません。ルウ子が想像したから、竜のすがたがさだまったというわけでは、ないはずなのです……

『風船がわれて、ぼくはドスンと、病院のベッドに落ちてきた。

空想をやめると、ぼくの体から、とげはなくなる。

ぼくは、こわい夢を見たあとのように、びっしょり汗(あせ)をかいていた。息をひそめなければと思った。まだ、真夜中だ。となりのベッドにねている子が、起きてしまう……

だけど、となりのベッドは、からっぽになっていた。昼間にはいたのに。ぼくとおんなじに、たくさんの検査(けんさ)をうけて、点てきをしてて……

いつもつきそいでそばにいるお母さんが、ぼくがとなりのベッドを見ているのに気がついて、おでこに手をあてた。熱(ねつ)がないか、心配するみたいに、でもほんとうは、となりのベッドをぼくから見えないようにしているんだ。

「がんばったのにね」

お母さんが、しぼりだすような声でいった。

ぼくはそのとき、ほんとうに、まぶたを切りとられた気がした。

空想といっしょに、とげは消えても、まぶたがないのは、かわらないんだ。

ぼくが生きてる体は、ぼくのものじゃない。となりのベッドにいたあの子のも。

ぼくより大きくてつよい、お父さんやお母さん、お医者さんにも、思いどおりにできないなにかが、ぼくや、となりのベッドにいた子の時間をにぎっているんだ。』


ルウ子は、ほとんど息をするのもわすれていました。こんなこと、ただの空想にすぎないのです。サラとちがって、ルウ子はほとんど病気だってしたことがなくって、重い病気というのがどんなものだか、知りもしないのです。これは、ウキシマ氏の物語です。ルウ子なんかが、勝手に書いたりしていいものでは、ないのです。

それなのに、手が止まりませんでした。

書かなければ、息つぎができないかのように――

『ぼくは、ベッドがひとつだけの病室へうつされた。その日から、ますます王国のことを考えた。

ぼくの王国には、とってもあかるい海がある。ウミガメがたくさん泳いでいる。

ぼくの海には、白と黒の、二頭のとてつもなく大きなクジラがいる。そのクジラたちが、いつもおたがいをおいかけあって泳ぐおかげで、しおが満(み)ち引(ひ)きするんだ。

クジラたちが、もし相手をぬかそうとしたり、逆むきに泳ぎだしたら、たちまち、王国はこわれてしまう。

白のクジラと黒のクジラは、どちらもやさしい心を持っていて、泳ぎ方をけっしてまちがえないよう気をつけているから、王国はこうしてあるんだ。

ぼくはウミガメの背中(せなか)にのって、二頭のクジラがおいかけあうのをながめていた。とちゅう、こうらの上にちっぽけな石の小屋をのせたカメがすれちがっていった。』

「あの海のどこかでしょ？　フルホンさんのお店が、かわいそうに漂流しているのは」

窓から外を見おろし、ウララがだれにともなく言いました。ケラエノは、風脈の中ではなく、外の景色が見えるふつうの空気の中を泳いでいます。どうやら、眼下には、どこかに〈雨ふる本屋〉をのせて泳ぐカメのいる、明るいゼリー色をした海がひろがっているらしいのでした。

「まあ、あれはなに？　……おどろいた、クジラね。あんなに巨大な生物、デボン紀かシルル紀でないと見られないと思ってたわ」

ルウ子は、ウララのおしゃべりを、どこか遠くに聞いていました。耳にふたがされたみたいに、よく聞こえないのに、そのことばはきりきりとルウ子の耳につきささってくるのです。

なにか、とんでもないことをしているのかもしれません。

ルウ子が書いたことが、王国の形をかえているのだとしたら……

目の前で、パチパチとおかしな光がはぜ、それでも書く手を止められませんでした。止めようとは、思いませんでした。

書いていった先に、なにかが待ちうけている、強い予感がルウ子をとらえていたのです。

ブンリルーが、本を読むのを中断し、ルウ子のとなりへ来て窓の外に見入っています。ルウ子は白黒じまのスカートを目のはしにとらえながら、ペンを走らせつづけました。

『赤い岩場では、発熱ガスがしゅうしゅうとふきだしている。

ぼくは、とても怒っていたんだ。ぼくの体が、ぼくのものじゃないことに。ぼくの時間が、ぼくのものじゃないことに。ぼくのまわりのおとなたちが、ぼくのために、つかれはてていることに。

また熱がある。

ここのガスを、すいこみすぎたんだ。

ぼくはおとなにならないのかもしれない。そうしたら、お父さんとお母さんはどうなるだろう？　くやしかった。ぼくは、もっとやさしくなりたかった。お父さんとお母さんに、泣かないでって、いえるようになりたかった。お医者さんに、ぼくはだいじょうぶです、って、いえるようになりたかった。

だけど、こわいんだ。さびしいんだ。ぼくの体はとげだらけなのに、ぜんぜんつよくない。ぼくの目にはまぶたがないのに、あかるさなんてちっとも見えない。

ぼくは、巨人になっていた。あの、ろう屋にいた巨人。いつ、ぼくはろう屋からでたんだろう？　体が、王国にいないときよりも、うんと大きくなっている。だけど、ぼくは、ちっともつよい巨人じゃない。

青い鳥が、いればいいと思った。空をてらすくらいにつよい、星があればいいと思った。

友だちがほしかった。

だけど、もうむりだろう。ぼくの体は、発熱ガスをすいこみすぎた。ごつごつとかたい、とげだらけの巨人の体も、熱のせいで、うごくのが苦しい。ぼくは、このままさまようんだ。ひとりぼっちで。

ずっとむこうを、だれかが歩いている。まっ黒い服を着た、おとなの人だ。涙をながしたかった。まぶたのない目からは、なにもこぼれてこなかった。

はっとした。あれは、おとなになったぼくだ。ぼくは、おとなになったんだろうか？　こっちを見ないで、歩いていってしまう。待ってくれ、おしえてくれ、ぼくは病気に勝ったの？

待ってくれ、あっちのぼくは、おとなになっているのに、どうしてぼくは、とげだらけの巨人のままなんだ？　待って、ぼくを、わすれないでくれ……おいつけない。おとなになったぼくは、みにくい巨人のぼくをわすれて、いってしまった。……

星の見えるところにいこう。せめて、星が光って見えるところに……』

（流星ヶ丘……）

ウキシマ氏が言っていた、王国でいっとう美しいという場所。そこへ、巨人をつれていってあげなければなりません――

# 二十二　巨人と青い鳥

いつのまにか、インクの色がかわっていました。溶岩にこもった熱のように赤黒かったのが、せせらぎのような水色へ。ルウ子の心臓は、不安にどくどくと脈打っていました。とりかえしのつかないことを、しでかしているのかもしれません。

それでも、まわりがなにも見えないくらい、ペンとノートに集中して、ルウ子は書きました。心の中で、だれかがピアノを連打しているみたいに。ルウ子ではないなにかが、抵抗できない力で、ルウ子をつき動かしているみたいに……

『だれかが、そこいらじゅうに種をまいたらしい。地面が、むずむず動こうとしている。

巨人になったぼくの体は、半分、木でできているから、地面のむずむずが、ぼくの中にも入りこんでくる。

うでが、前にひっぱられる。指から根っこがはえて、ぼくの手は、地面にもぐりこんでしまった。つぎに、はんたいがわの手も。

足は、前へすすもうとしている。ぼくは、星の見えるところへいきたい。

足のうらからも、ひざからも、根っこがのびる。むずむず、地面が動いている、だれかのまいた種が、目をさまそうとしている。

地面にぬいつけられながら、ぼくは、それでも前へいこうとするのをやめなかった。うんと力をこめると、のどから、かみなりのような声がもれた。』

おおん、とうなったのは、たしかに遠い雷のようでした。ケラエノは、どんな嵐だって知っている飛行魚です。雷くらいでは、びくともしないはずなのです。

ところが、

「ケラエノ、落ちついて！」

飛行魚がはげしくふるえ、ウララがあわてて座席をなでました。

「ケラエノ、自分で進路をかえたの？　鳥の国の上空へ、もどってきているわ」

ウララが、窓の外をたしかめ、声音をきびしくします。その顔に、ピリリとした緊張をやどして。

「下を見て」

ブンリルーが、窓の外をしめしました。大きなくちばしをじゃまそうにしながら、外をのぞきこんだウララが、絶句しています。

「……いったい、なにが起こってるの？」

「巨人だわ。巨人の体がとけて、地面をおおってしまってる」

ブンリルーの声が、眼下で起きているおぞましいできごとを伝えました。

『ぼくの体は地面にぴったりぬいつけられて、もう動くことができない。

空には、たくさんの星がでている。そして、流れ星がいくつもいくつも、雨みたいにふっていた。流星ヶ丘……ここが、そうなんだろうか？

巨人の身長で立っていたら、頭に星がぶつかるかもしれない。そう思ったけれど、いまのぼくは、地べたにへばりついているしかできない。ぼくの体、とげだらけの岩か木のような体が、地面にとけてしまっている。

そうか。ぼくは気づいた。ぼくが、流星ヶ丘になったんだ。

巨人のぼくが、流星ヶ丘になって、王国でいっとううつくしい、流れ星のむれを見ているんだ。

ずっとずっと、星をながめていた。まぶたがないんだから、いくらでも星を見られるんだ。

さっきの、おとなになったぼくは、ただの影だったのかなあ。どこに、あるいていってしまったんだろう。ぼくはきっと、自分からも、見すてられたんだ。もう、どうだっていい。ぼくはここから、動けないんだ。いつまででも、星を見ていられれるんだ……

と、無数の星のひとつが、ピカッとつよく光った。

「おーい、そんなとこで、なにしてんのさ」

こっちへ飛んできながら、星がしゃべった。人間のことばで。でも、それは、人間じゃない。

――ずっと待ってた。それは、青い小鳥だったんだ。』


ノートの上には、知らないあいだに、見たこともないほど高らかな青い文字がならんでいました。

はっと息をすって、ルウ子はノートの上にペンをなげだしました。ルウ子の手からはなれたとたん、ペンは透明（とうめい）にもどります。

座席からなかばころげ落ちながら、ケラエノの鎧戸（よろいど）へむかって走ります。けれど、ずっと身をこわばらせて書いていたせいで、ルウ子の体はほんとうにころんでしまいました。かわりに、なにごとかと目をみはっているウララをしりめに、すばやく鎧戸を開けはなち、外へうでをつきだしたのは、ブンリルーでした。

「……つかまえた」

どっと、ケラエノの中の気流が乱れます。ブンリルーが体をひっこめるのをたしかめて、ウララが鎧戸を閉ざしました。

「どうしたの、きゅうに。なにごとだっていうの？」

ウララは、目を白黒させています。ブンリルーの手の中では、ラピス・ラズリの色をした小鳥が、自由をとりもどそうと暴れていました。ルリ色の羽、おでこのところにだけ、白い星マークを持った小鳥が。

「ちょっと、はなしてよ！」

抗議の声をあげるなり、ホシ丸くんは、人間の男の子のすがたに変身しました。そうなっては、ブンリルーの手にはおさまりきりません。ヒューッと息をつきながら、はだしの足で、ホシ丸くんはケラエノの床におり立ちました。

「……ホシ丸くん！」

よろけながら、ホシ丸くんへ突進していったルウ子は、足をすべらせ、走るいきおいのままに、ホシ丸くんとおでこどうしを激突させてしまいました。ふたりして、しりもちをついておでこをおさえこみます。

「痛い痛い痛い――なにするんだよ、ルウ子！」

あまりの痛みに、ホシ丸くんが目に涙を浮かべています。ルウ子のほうでも、目の中でバチバチと稲妻がはじけ、涙が盛りあがりました。痛みで呼びだされた涙は、胸のおくからせきを切って、あふれてきます。そのまま、上をむいて泣きじゃくりだしたルウ子を、ホシ丸くんも、ブンリルーとウララも、ぽかんとして見つめています。あとからあとから、涙があふれて止まりませんでした。

「ホ、ホシ丸くん……どこに行ってたの？」

サラみたいにひどく泣くルウ子におどろきながらも、ホシ丸くんは、頬をふくらませて腰に手をあてました。

「どこにって、きまってるだろ。〝影の男〟をさがしてたんだ」

堂々とそう言ってのけるホシ丸くんに、ルウ子は気が遠くなりそうでした。ホシ丸くんは、ばつが悪そうに口をとがらせながら、それでも、はっきりとつづけます。

「だって、舞々子さんがあんなに怒ったんだもん。ぼくが、あんなに怒らせてまで、さがしてたものを見つけられなかったら、はずかしいじゃないか。それに舞々子さんだって、ひどいよ、ぼくが自分を夢見た人をさがしてるのは、知ってるはずなのに。見つからなきゃ、ぼくはいつか、わすれられて、ほっぽり森へすむことになるのに。

……だけど、迷っちゃって、妖精のすむところで。それで、舞々子さんがあんまりこわかったから、妖精のとこで、これをもらってきたんだ。舞々子さんの元気が出ないかと思って。……でも、こんなのきっと、舞々子さん、もう持ってるよね」

ホシ丸くんが、ポケットにつっこんでいた黒イチゴの形の耳飾りを、てのひらにのせます。と、ブンリルーが、いきなりそれをはたき落としました。

「あんたを夢見た人なんて、どうでもいいわ。こんど舞々子さんを泣かせたりしたら、あんたなんか、バクに食べさせちゃうから」

もし、まだ魔法がつかえたなら、ブンリルーの三つ編みは、静電気をまとってさか立っていたことでしょう。ぼんやりとした顔に、深い怒りをにじませているブンリルーに、ホシ丸くんは肩をすくめました。

ルウ子は、止まろうとしない涙を、ごしごしと乱暴にぬぐいました。

「……はやく、はやく行ってあげなきゃ。ホシ丸くん、いそいで、行って。いま、だれよりあなたを夢見てるのは、あの巨人なの」

夢にうなされるように、ルウ子はうったえます。必死でまくしたてるルウ子を、ホシ丸くんはふしぎそうに見つめました。

「巨人……？」

「王国を夢見たおじさんの、心のすがたなんだって」

ブンリルーが、ぼそっと言いました。ルウ子がおどろいて見あげると、ブンリルーはちょっとくちびるをすぼめて、あやまりました。

「ごめんね、ルウ子がぜんぜん気づかないもんだから、なにを書いてるか、のぞいてたの」

ルウ子は、ことばが見つかりません。

泣くのをやめようと、深く息をすって、ルウ子は立ちあがりました。それでも、涙（なみだ）はどうしてか止まらずに、つぎつぎと頰（ほお）にこぼれました。

「ホシ丸くん、あたし、もっとはやく言えばよかった。ホシ丸くんは、自分を夢見た人をさがしたりなんか、しなくていい。幸福と希望と友達を夢見ない人なんていない、わすれる人なんていない。もしも、みんながわすれてしまったとしたって、あたしはぜったいに、ホシ丸くんをわすれたりしない。——あなたは、ほっぽり森に閉じこめられたりなんかしない。ホシ丸くんはさいしょから、いつだって、ぜったいに、自由なのよ」

冬の夜空の色をしたホシ丸くんの目が、いままで見たことがないものを前にしたようなまなざしで、ルウ子を見つめました。

「自由」

これまで、さんざん口にしたことのあるそのことばを、ホシ丸くんは慎重に、めずらしそうに、舌の上でころがしました。ルウ子は、力をこめてうなずきます。

ごごぉ、と地鳴りの音がして、ケラエノがまた体をふるわせました。巨人のうめき声です。

ペンとノートを座席の上に置いたまま、ルウ子は窓から外をのぞきました。ルウ子が書いたとおりの光景が、ひろがっています。空には無数の星と、天に光の矢を描く流星雨が。そして地上には、痛々しいとげをはやした、どろどろとうごめく地面が――

丘になった巨人の体が、苦しげにのたうっています。すぐそばには、空へむかってそびえる、鳥の国の塔が見えています。

「行こう、巨人に会わなくちゃ」

ルウ子は、ホシ丸くんにまっすぐ目をむけました。ウララが、あわててわって入ります。

「ちょっとちょっと、待って。まさかとは思うけど、あそこへ行こうっていうの、あのおかしくなっちゃった地面に？」

目を白黒させるウララを無視して、ブンリルーが、さっき閉められたばかりの鎧戸を、おしあげます。ルウ子は、まだ事態が飲みこみきれていないホシ丸くんの手を、ぎゅっとにぎりました。そうして、ホシ丸くんが飛ぶ準備をするよりはやく、背中にコウモリの翼をひろげた、そのときです——

「——待ちたまえ、きみたち！」

どなり声とともに、なにかが飛行魚の中へ飛びこんできて、ルウ子たちははじきとばされ、ケラエノの中で将棋だおしにころがったのです。

# 二十三　流星ケ丘（りゅうせいがおか）

「……フルホンさん？」

上にたおれこんできたブンリルーを、よいしょと起こしながら、ウララがおどろきの声をあげました。

鎧戸（よろいど）のかどにぶつけたおでこをおさえて、痛（いた）そうにうずくまっているのは、〈雨ふる本屋〉にいるはずの、フルホン氏でした！

しかし、なんというかっこうでしょう。フルホン氏は、短い翼（つばさ）と太い足、腰（こし）をすえて本を読むのにぐあいのいいドードー鳥の体に、なみなみならない誇（ほこ）りを持っているのです。――それだというのに、フルホン氏の背中（せなか）には、木の骨組（ほねぐ）みと布（ぬの）でできた、ウララのものとそっくりな翼（つばさ）が、せおわれているのです。

「いったい、天地がひっくりかえっちゃったの？　フルホンさん、ドードーが空を飛ぶなんて、言語道断（ごんごどうだん）だって、あんなにわたしに怒（おこ）っていたのに！」

　ウララの声は、おどろきの底に、どこかおさえきれない笑いをふくんでいます。荒（あら）っぽく息をついて起きあがったフルホン氏は、せおっていたグライダーを、難儀（なんぎ）しながらおろしました。

「それ、フルホンさん、自分でつくったの？　へええ、おどろいたな。わたしのより、うまく設計（せっけい）されてるわ」

　グライダーにしげしげと見入るウララに、フルホン氏は、フン、と鼻を鳴らします。

「義（ぎ）を見てせざるは勇（ゆう）なきなり、だ！　ここまでの大異変（だいいへん）を前に、本棚（ほんだな）のあいだにこもっていることができようか！」

　フルホン氏は、すっかりたまげてことばをうしなっているルウ子とブンリルーを見やり、そしてホシ丸くんを見つけると、ドスンと足をふみだしました。

「きみたち、ぶじだったかね！　とくに、きみ！　夢見た人とやらは、見つかったのかね？　軽々しくも身勝手に出ていったからには、舞々子くんをなっとくさせるだけのこたえを、見つけたのだろうね？」

ホシ丸くんは、すこし頬をふくらませて、フルホン氏をにらみました。ホシ丸くんのふくれっつらから、あっさりと目をそらし、フルホン氏はつづけます。

「照々美くんから、〈雨ふる本屋〉へ通信がとどいたのだ。舞々子くんは、いま、鳥の国へむかっているよ。照々美くんの博物館が、おそらく、王国の氾濫を止める鍵をにぎっているだろう。そして――」

フルホン氏の満月メガネが、ぎろりとにらんだ先を見て、全員が息を飲みました。ケラエノの天井のあたりに、ひしゃげた巨大クラゲがへばりついているのです。

「幽霊くん！　いつまでつぶれているつもりかね。きみにはこれから、類を見ない、重大な仕事が待っているのだ！」

ずるずるずる、と、ひしゃげたままの幽霊が、かべをずり落ちてきました。床の上でやっと、いつもの形に立ちあがると、幽霊はしょげきった顔で、頭をかかえます。

「だって、だって……無理だよぅ。わがはい、い、いま、なにも書けないんだってばぁ……」

泣きそうな声にも、フルホン氏はきびしい表情をくずしません。フルホン氏は大きなかばんを首からさげていて、その中から、ぶ厚い革表紙の本をとりだしました。それは、あのとくべつなつぼみから生まれた、白紙の〈雨ふる本〉です。

「雲は行き、水は流れる。作家が書けないままにとどまるなどということが、あろうか！　きみたちも、聞きたまえ。どの資料をあたっても、王国の氾濫を止める手立ては、書かれていなかった。そこでわたしは、ある仮説を立てたのだ。——この本に、王国の物語をおしまいまで書けば、氾濫はおさまるのではないか、と」

あっと、ルウ子の口から声がもれました。それは、ケラエノの瞳をのぞいたときにルウ子の胸にひらめいた考えと、カチリとつながっています。

　フルホン氏の目は、さらにきびしく光ります。

「そのためには、王国のようすを見に行かねばならない。それで、幽霊くんといっしょに、〈雨ふる本屋〉から出てきたというわけだ。幽霊くん、きみも作家のはしくれならば、もう、腹をくくりたまえ。書くしかないのだ、きみは、書けるはずだ。〈雨ふる本屋〉店主として、このわたしがうけあおう！」

「でも、でもぅ……フルホンさんの資料にだって、そんな方法、書かれてなかったよぅ。そんなの、うまくいくか、わかんないよぅ……」

　幽霊はこまりはてて、めったやたらに頬をこねくりまわしています。

　それにたいして、フルホン氏は短い翼で、ビシッと空気を打ちすえました。

「この非常事態にさいして、前例など、必要ではない！」

　ルウ子は自分が座っていた座席から、ノートをとってきました。うつむいて身もだえている幽霊に、さしだします。

「これ……」

ルウ子の手は、かすかにふるえましたが、もう涙は出ていませんでした。

「あたし、とちゅうまで書いたの、王国のこと。……ただの空想だから、正しく書けてるのかわからない。あたしの、勝手な思いちがいを書いちゃっただけかもしれない。でも、書いたの。王国のこと、巨人のこと……

いまから、あたし、ホシ丸くんといっしょに、巨人のところへ行ってくる。つづきを、ヒラメキが書いて。ウキシマさんの物語に、〈おしまい〉をあげて」

幽霊の目が、ピカピカとはげしく点滅しました。ルウ子からノートをうけとる手は、まだ中身を見ていないのに、ピリッとふるえました。

「こ、こんなに、書いたの……?」

ビニールじみた体の表面に、小刻みな波が立ちます。幽霊は、この世のなにより貴重で、こわれやすい宝物をあつかうように、ルウ子のノートをおなかによせました。

それを見ていたホシ丸くんが、すぼめていたくちびるをひき結び、きっぱりと顔をあげました。

「フルホンさん、なんとなくだけど、わかったよ」

いつもより、いくぶんおとなしい声で、ホシ丸くんは言いました。

「本を読むのも、それを書くのも、命がけの冒険なんだね。ほんものとかわらないんだ。そうして、ぼくは、ただ冒険遊びがしたかったんじゃないんだ。そんなもの、ほんとの冒険とは言わない」

はだしの足が、開いたままの鎧戸のほうへむかいます。

鎧戸から半分身をのりだし、ホシ丸くんが下界を見つめます。土といっしょになってのたくり、苦しげにきしむ巨人を。その横顔は、ルウ子がいままでに見たことのないほど、真剣でするどく、そして、ひとりの男の子らしいものでした。

「ぼくは、自分を夢見た人の、顔も知らない、名前も知らない。だけどその人のさびしさを、消してやりたい」

　みんなの胸に、自分の胸にひとつずつのことばを刻みつけようと、ホシ丸くんの声がくっきりとひびきます。

　あっと思うまもありません。青い翼を開かないまま、ホシ丸くんが、空中に身をなげだしたのです。

「――わかったぞ、それがぼくの、ほんとの冒険だったんだ！」

　遠ぼえするように、勝ちどきの声をあげながら、ホシ丸くんが落ちてゆきます。眼下には、地平までをおいつくしてうねる、とげだらけの地面が待ちかまえています。

「待って、ホシ丸くん！　巨人の顔をさがさなくっちゃ――」

　落ちてゆくホシ丸くんを、ルウ子は、コウモリの翼で追いました。ケラエノの胸ビレが、一瞬こちらへのばされましたが、はげますようにルウ子の足をなでただけで、止めることはしませんでした。

　地表でうごめく巨人の体が、空気までをもひどくうねらせていて、ルウ子はすぐに、飛ぶことをあきらめるしかなくなりました。巨人の顔をさがすことも。そんなものは、もうどこにもないのです。先に落ちたホシ丸くんが、どろどろに溶けた沼のような巨人の体に飲みこまれ、青い色はどこにも見えなくなりました。

ホシ丸くんを飲みこんだ乱暴なうねりが、苦しさにもだえて波打っています。コウモリガッパの翼をたたみ、ルウ子もその中へ飛びこみました。

はげしい砂嵐がさいしょに襲い、こまかな砂つぶてがあらゆる方向から体を打ちすえました。けがをしたかどうかも、わからないままに、こんどは泥が体をとらえます。どろんと、かすかなあたたかみをおびた液体に、ルウ子はしずんでゆきました。しずんでゆくのか、もぐってゆくのか、自分でも判別がつきません。

息ができているのかどうかなど、もう、考える余地もありませんでした。

泥のおくへ、さらにおくへ、はこばれてゆきます。そこは、暗いように思われました。が、すぐに、無数の光が身をつらぬいていることに気がつきました。

（そうだ。巨人には、まぶたがないんだもの。ここは、流星ヶ丘なんだもの）

ルウ子の声が考えました。自分の考えが、どこか、うんと遠い場所で考えられたように感じられます。巨人の体の中、大地にとけたどろどろの粒子の中に、ルウ子の体もまた、こまかに砕けて、ばらまかれてしまったらしいのです。ルウ子の考えは、ずいぶん遠くでひびき、心臓は、どこかずっとうしろのほうでおどろいていました。

そうして、まぶたのない巨人が見ているのと同じ景色が、ルウ子の意識にもかがやかしく開けます。

なんとたくさんの星、願いごとをかなえてくれるはずの、流れ星の群れ。宇宙にありったけの呼吸をし、おしげもなく流れて消える、光の群れ。子どものころのウキシマ氏が、願いをかけた星。どんな願いよりも高らかにかがやき、そしてどんな願いよりも、あえなく流れて消えてゆく光たち……

巨人は熱を持っていました。大地といっしょくたになった体じゅうが、苦しみにきしんでいました。

（だけど、もう苦しまなくてもだいじょうぶなのよ）

また、ルウ子の声が、うんと遠くで考えました。

（だって、来たんだから）

だれの声でしょう。はるか遠くでひびいたようにも、耳もとでさけばれたようにも思えるその声は、ルウ子の声と混じっています。しかしそれは、すぐにはっきりとした音のりんかくを持ち、ルウ子の友達の声になって、高らかにひびきわたりました。

（幸福の青い鳥で、希望のいちばん星で、冒険家のぼくが、来たんだから！）

ピチクリ！　丘の上で、青い小鳥がさえずりました。いつのまに、土の中から脱出したのでしょう。ルウ子は巨人の目といっしょになって、それを見ました。青い小鳥がはばたきまわり、そうして、とげだらけの、うごめく丘を、苦心しながらのぼってくるだれかを、はげましているのを。

ホシ丸くんに呼ばれながら、ウキシマ氏が、丘をよじのぼってきました。

巨人の心臓が、ルウ子のそれといっしょに、大きくうねります。

（来てくれたの……？）

遠くに、またすぐ耳もとにひびいた声は、ルウ子のものでもあり、同時に巨人の、子どものままのウキシマ氏のものにほかなりませんでした。

地面の一部がのびあがり、いまにもくずれそうな、人の形をつくります。とげだらけで、ふたつの目にはまぶたがなく、けれど、もとのすがたよりはずいぶんと縮んだ巨人が、ウキシマ氏を見おろしました。

大人になったウキシマ氏が、背が高くなり、点滴につながれなくても自分の足で立って歩けるようになったウキシマ氏が、巨人の目を見あげます。

「……ごめんよ、わすれていて、閉じこめたままで。ぼくはもう、だいじょうぶだよ。病気に勝って、大人になった。だけど、こわかったなあ。ずっとずっと、こわくて苦しかったのを、おまえがいて、ささえてくれた。子どものころの、ぼくの苦しみを、ぜんぶ持っていてくれたんだ。ありがとう。おかげでぼくは、生きのびた。

大人になれたよ。大人になって、子どものころよりすこし、自由になれた」

巨人（きょじん）が、空気をわななかせ、うめき声を発しました。その大音声（だいおんじょう）のふるえが、巨人（きょじん）の中でばらばらにほどけているルウ子の体と意識（いしき）を、むちゃくちゃにゆすぶります。ルウ子は、このまま巨人（きょじん）の中に消えるのかしら、と、どこか遠くにもぐっている意識（いしき）で、ぼんやりと考えました。

と、そのとき、ルリ色の翼（つばさ）がひらめいて、巨人（きょじん）の口めがけて飛びこみました。ホシ丸くんを飲みこんだ巨人（きょじん）は、体をくずし、また土の一部にもどります。丘がいちど、大きくうねりました。

いっしょくたにくずれかけたルウ子の意識（いしき）に、やんちゃな声が、朗々（ろうろう）とひびきました。

（ルウ子、なにしてんのさ。冒険家（ぼうけんか）は、そんなところでじっとなんかしてないぞ）

ホシ丸くんが告（つ）げたその瞬間（しゅんかん）、上昇（じょうしょう）する力がはたらきました。大地の底から、光と空気のある世界をめざす力が。

とけた巨人の体の中で、ごく小さなつぶがふるえてはじけ、かすかなスパークはどんどんつらなって、巨人の中にはけっしておさまりきらないうねりが、外へむかってはじけました。

ルウ子は、見うしなっていた自分の体が、あるべき位置にすばやく集まり、形をとりもどすのを感じました。そして、自分が明るい泥の中に浮かんでいるのを、発見しました。明るい泥、としか言いようがないのです。目を開けて、まわりを見ることができます。けれど、そこは空気の中ではありませんでした。体はゆらりとたゆたっているのですが、水の中でもありません。泥の中、土の下、ここはいま、あたらしい力にみちてさわいでいる、大地のただ中でした。

ホシ丸くんの手が、ルウ子の手をつかみました。ふりむくと、いたずら好きの顔が、となりで笑っています。おそろいのたんこぶが、おでこにあるのを見て、ルウ子も思わず笑ってしまいました。

ルウ子たちをとりまく大地の中で、無数の種がいま、芽吹こうとしています。巨人の目を通して見た星と同じ数の、種たちが。

あたりは明るく視界がきくのに、ルウ子にはここが青いのか白いのか、灰色なのか、わかりませんでした。どんな色でもない、それは、光の明るさではなく、わきでる力の明るさなのです。

手をつないだルウ子とホシ丸くんを、地中からの力が種たちといっしょにおしあげます。耳では聞くことのできない音楽が、体じゅうをあわだたせました。うれしさであふれかえった土の中、古くからのしきたりどおりに覚悟をきめた種たちが、芽を吹きます。

いっせいに、無邪気に計算しつくされ、にぎやかに、けれどもけっしてあわてることなく。どんな雷鳴よりも高らかに、緑がとどろきわたります。

そして――

ルウ子とホシ丸くんは、地面の上に立っていました。

雨が降っています。

地中からあふれた力は上へのびつづけ、からまりあい、根を張って立ちあがり、いまや堂々たる枝をさしのべて、幾億の葉をしげらせた森があらわれました。

やさしい雨が、枝を葉を、幹を根を、土を苔を、うるおします。

「すごいや……ジャングルだ」

密にしげった枝は、幾重もの層をつくり、高く高く立ちあがる幹は、生きた神々のようです。ゾウの足をたばねたより太い幹を、スイカ色のツタが旺盛にしめつけています。高い枝の上からあらたにすがたをあらわすシダ、雨傘の音をたてるぶ厚い葉……

ルウ子たちが手をつないだまま見あげていると、つう、つう、と木々の上から細い銀の糸が何百、何千とたらされ、そのクモの糸の一本一本に、目をみはるほど大きな水滴がやどりました。ひとつひとつの水滴の中に、なにかが動いています。

それがなんなのか、目をこらそうとしたとき、なつかしい声がルウ子たちを呼びました。

「ふたりとも、また、たんこぶをつくったりして！」

## 二十四　雨もりの森

「舞々子さん！」

ドレスのすそが汚れるのもかまわず、こちらへむかってくるのは、舞々子さんでした。杖をついた照々美さんが、お姉さんに手伝ってもらいながら、岩のように盛りあがった木の根をのりこえてきます。

「お姉ちゃん！」

ひらりと、翼の傘で宙を飛んできたのは、サラです。緑でむせかえる森に、サラは甘いもののかおりをまとって、突撃さながら、ルウ子に抱きつきました。

「……ここ、どこなの？」

あやうくしりもちをつきかけながら、ルウ子が言うと、サラは意外そうに顔をあげました。

「お姉ちゃん、知ってるでしょう？　お姉ちゃんとホシ丸くんが、ここから出てきたんだもん」

サラのことばに、ルウ子はますます、目を見開くばかりです。

「ここは、雨もりの森。わたしの、博物館よ」

ようやくそばまでたどり着いて、照々美さんが頬笑みました。照々美さんの指が、無数の銀の糸にやどる水滴のひとつを、さししめします。

水の玉をのぞきこんだルウ子は、たしかになにかをつぶやいたのでしたが、それは、声になりませんでした。

水滴の中に、魚が泳いでいます。サンゴ礁の海にいるはずの、赤と白のしまもようの小魚です。小魚をいだいていた水滴は、重力にしたがってポツリと落ち、森の地面にしみこんでゆきました。

またべつの水滴を見ると、枯れ葉を床にしてまるいかさを開いた、茶色のキノコが入っています。それも、つう、と銀の糸をつたって落ちてゆき、地中へすいこまれました。

ルウ子は、ジャングルの中をつたい落ちてくる雨のつぶを、見あげながら体を回転させてものぞききれない雨を、必死に目で追いました。

雨つぶの中に、ハナカマキリが擬態し、イチゴ色のカエルがタマゴをはこび、クイナが歩いています。イトマキエイが泳ぎ、キリンがサバンナでいちばんに目をさまし、コヨーテが岩の上で遠ぼえします。樹木から楽器がつくられ、カタバミが花を咲かせ、ハロゲン化鉱物が結晶し、珪藻類が透きとおった体で動きまわります。アオスジアゲハのさなぎの背がわれ、雪があらゆる技法で結晶になり、遠い銀河で星が爆発し、コンドルが旋回して獲物をねらい、ゾウの群れが仲間のお産をたすけています。

どの雨つぶも、見逃してはならない一瞬を水の中にいだきながら、大地にひきよせられるにまかせ、落ちては土にしみてゆきます。

「これが、博物館……」

われをわすれて見とれるルウ子のとなりに、肩にマゼランをのせた照々美さんが立ちました。

「そう。わたしの雨もりの森。土に根を張り、雨をたくわえ、あらゆる方位の風を聞きとり、生きものをやどす。森そのものが生長し、種になり、朽ち、また生まれでる、循環する博物館よ。サラが、種まきを手伝ってくれたのよ。鳥の国の鳥びとたちも。そして、姉さんが雨を送ってくれたの」

うれしそうにふりむく照々美さんに、舞々子さんはやれやれと、肩をすくめます。

「わたくしは、水まきを手伝ったのにすぎませんわ。いちばんかんじんな仕事、土をたがやしてくれたのは、ルウ子ちゃんよ」

そう言われてルウ子は、目をしばたたきます。

「あたしが？　だってあたし、博物館の手伝いなんて、なにもしてないわ」

舞々子さんは、巻き毛をとりまく真珠つぶをゆらして、首をふりました。

「いいえ。ルウ子ちゃんが物語を書いて、巨人を導いてくれたから、この森が出現したんです」

舞々子さんの真珠つぶのゆれが、照々美さんの帽子の蝶の、真珠色の翅に伝わります。

「そのとおり。ほら、土がよかったおかげかしら、乾燥地ではないのに、こんなにめずらしい植物がりっぱに育っているわ。ユーフォルビア・アブデルクリよ」

照々美さんがさししめす先には、岩のようにごつごつとした、青みがかった植物が、隆起した木の根のあいだからルウ子たちの背よりも高くはえでています。とげはありませんが、それは、あの巨人のすがたに、どこかにていました。

「あたしが物語を書いてたって、どうして舞々子さんたち、知ってるの?」

すると舞々子さんと照々美さん、それにサラまでもが、顔を見あわせて小さく笑いました。

「ウキシマさんに、うかがったんですわ。ルウ子ちゃんが、これをなしとげたのだって」

「おじさんがね、お姉ちゃんのこと、すごいねって、いっぱいほめてたのよ」

サラのほくほくとした顔に、ルウ子はあわてました。

「ちょ、ちょっと待って。博物館……そうよ、サラのカタツムリはどこ？」

これが博物館だというのなら、サラのカタツムリは、ここにいるはずなのです。

こたえるかわりに、サラは、てのひらに例のドロップ時計をのせました。

「ほら」

上のガラス玉はすっかりからになり、下のガラス玉の中で、うずを巻いていた鉱石が、その色をかえてゆきました。サラがまとっている果樹園のかおりににて、それは、淡いもも色に染まってゆきます。ドロップ時計のガラス玉は、虫のタマゴのようにやわらかにわれ、中身だけをサラの手の上にのこします。

巻き貝でできた、サラのもも色のカタツムリが、帰ってきました。

「サラ、一生けんめい待ってたんだからね。お姉ちゃんたちが冒険してくるの」

サラがルウ子を待つためにつかった時間が、あらたな時間として抽出(ちゅうしゅつ)されたのです。〈雨ふる本屋〉へ、すきまの世界へ、また来るための時間に。

と、ふいにマゼランが、照々美(てるてるみ)さんからとびおりて、ルウ子の肩(かた)にはいのぼり、ルウ子をふりむかせました。つう、と目の前に落ちてきた雨つぶへ、ルウ子はとっさに手をのばしました。その大きな水滴(すいてき)の中には、博物館(はくぶつかん)のほかの展示物(てんじぶつ)と同じに、ルウ子の運動靴(うんどうぐつ)が入っていたのです。雨水だけが流れて落ち、ルウ子の手に、履(は)き物(もの)が帰ってきました。

「……舞々子(まいまいこ)さん」

それまでだまっていたホシ丸くんが、肩(かた)をすくめながら、足をふみだしました。はずかしそうに下をむいたまま、舞々子(まいまいこ)さんの正面に立ちます。

「ただいま」

ためらいがちにホシ丸くんが見あげると、舞々子(まいまいこ)さんは、いつもとまったくかわらない調子で、ふんわりと巻(ま)き毛(げ)をゆらし、言いました。

「おかえりなさい」

ルウ子は、巨人といっしょになって感じていた苦しみが、消えているのに気づきました。はだしの足の裏に、巨人がいるのを感じます。森をささえる地面になった巨人は、もう、ちっともさびしがってはいませんでした。たがやされ、種がまかれ、雨をうけ、そして、星がめぐってきたために。

ホシ丸くんは、冒険をはたしたのです。

ルウ子の肩から、マゼランが、キィ、と警告の声をあげました。むこうから、まっ黒い上着を着た男の人が歩いてきます。水滴たちに見入りながら、こちらへ歩いてきたウキシマ氏は、ルウ子の前に立つと、右手をさしだしました。

「ありがとう。物語を書いてくれて、王国のことを、ぼくがわすれて閉じこめていた巨人のことを、想像してくれて。巨人は、とてもしあわせそうだったよ」

ルウ子は、また目に涙が浮いてくるので、ぎょっとしました。サラの前なのに、涙はあふれて、ルウ子の息をつまらせます。顔をまっ赤にしながら、ルウ子は、ウキシマ氏のさしだす手をとりました。そうしてふたりは、かたい握手をかわしたのです。

「ぼくは、きみくらいの年のころ、バイオリンの奏者になりたかったんだ。生きて大人になれるかすら、わからなかったのに。なりたかったものになれないまま、ぼくは大人になってしまったけど……きみは、物語を書いてくれた。きみの夢を、巨人のためにつかってくれた。ありがとう」

そうして、ただのちっぽけな女の子でしかないはずのルウ子にむかって、ウキシマ氏は深く、頭をさげました。ずいぶんと長い時間、そうしていたのです。

やがてウキシマ氏は、舞々子さんと照々美さんの姉妹にむきあうと、あらたまって口をきりました。

「これからどうしようかと、迷っていたところでした。ぼくは子どものころからやっかいな病気で、いつも、もう死ぬんじゃないかと思っていた。それなのに、長く生きのびてしまって。大人になるはずじゃなかったのに、生きのびてしまって……　そんなときに、この子たちをまねして、こっちの世界へ来たんです。なつかしくて楽しかったが、ますます迷うばかりだった。けれど……」

そこで、万物をやどす雨もりの森を、もういちどふりあおぎました。

「この森を歩いていたら、迷いがなくなりました」

照々美さんが、ふわりと帽子の蝶をゆらして、うなずきます。

「ええ。博物館は、そのための装置ですから。世界がどんなふうか、知るための。そして、その世界でどう生きるかを、考えるための。博物館は、道しるべです。本とにているかもしれないわ」

照々美さんと舞々子さんのあいだをすべり落ちていった雨つぶの中に、りっぱなうずを巻いたオウムガイが泳いでゆきました……ひょっとすると、アンモナイトかもしれません。妹のことばを、舞々子さんがひきつぎます。

「いちど、〈雨ふる本屋〉へもいらしてください。よい本をそろえてお待ちしていますわ」

ウキシマ氏がうなずいた、ちょうどそのときでした。

「……おぉーい！」

木々の柱をすりぬけて、幽霊がこちらへ飛んできました。青白い目玉はまぶしいほどに発光し、ぷにりとした手は、すっかりインクで汚れています。

「ねえねえだれか、ペンを持っていない？　えんぴつでもクレヨンでもいいよう、なにか書くものをちょうだい。わがはい、わがはい、いま、書かずにはいられないんだ！」

ブルブルッと全身を波打たせる幽霊に、ルウ子は、ポケットから気ままインクのペンを出してやろうとし、それがないのに気がつきました。ノートといっしょに、ケラエノの座席に置いてきてしまったのです。

「幽霊さん、七宝屋さんはいなかったの？」

サラが言うと、幽霊は「あーっ」と悲鳴のようにさけびました。

「うん、もう！　フルホンさんと、鳥の国の書庫を見に行っちゃってるんだもん、

わがはいのことほっぽって！　ブンリルーちゃんもひどいよう、本に夢中で、話しかけたって聞こえてないんだから。わがはい、すぐに行ってくる！」

「書庫に入る前に、お砂を落とすのわすれないでね！」

サラが呼びかけ、聞こえたことをしめすために、幽霊は猛スピードで飛びさりながら、クラゲ式のひだをくるくるっと回転させました。

ルウ子たちは、だまって、もういちど博物館をふりあおぎました。雨の記憶が天と地をつないで、あらゆる物語の瞬間を見せるのを。

〈雨ふる本屋〉へ帰る時間が来るまで、ことばをわすれて、見つづけていたのです。

# 二十五　めでたし、そして……

飛行魚の窓から、眼下にひろがっていたジャングルが、しだいに縮んでゆくのが見えました。偉大なサーカスのテントのようだった緑の樹冠は、すぼんで、折りたたまれ、森は小さく、うんと小さくなってゆきます。……やがては、砂つぶとかわらない種にもどって、すっかり見えなくなりました。

あとには、鳥の国をとりかこむ砂糖とそっくりな砂漠が、白い砂の波を見せ、オアシスと果樹園をのぞいては、緑のあとかたもありません。とげをはやした丘もまた、砂糖の色をした砂にとけ、おだやかにくりかえす起伏の一部となっていました。

「博物館、もうなくなっちゃったの？」

サラが、ざんねんそうに窓におでこをくっつけています。

「ええ。また必要がめぐってくれば、あらわれるでしょう」

自分の仕事のあとを、照々美さんはしぜんに出現したことのように、あっさりといちどだけふりかえりました。その首には、すっかりくつろいだようすのマゼランが、金の尾を巻きつけています。

「王国の氾濫は止まった。照々美くんの博物館が、巨人が暴走するのを食い止め、正しい形へ導いてくれたのだ。博物館となり、べつの形へかわることによって、巨人は心を静めたのだ」

フルホン氏が、重々しい声で言いました。

「はあ、あたらしい〈雨ふる本〉が白紙だったというのは、王国のもうひとつのすがた、巨人がわすれられていたためというわけですか」

深くうなずくのは、七宝屋です。その手には、ハスの花のかおりのキセルが、しなやかな煙をくゆらせています。

「でもまあ、王国そのものは消えていないわ。すきまの世界のあちこちに、あらたなすきまを見つけて、おさまったというわけ。ドードー組合のはたらきあってこそね」

ウララが、腰に手をあてます。くるくるとよく動くその目は、大きな仕事をやりとげた満足感から、きらりと光っていました。

高くそびえる鳥の国の建物、そのてっぺんよりさらに高い空で、天傘をさした鳥の姫が、小さな翼をふりました。おもちゃ笛ににた声が、しっかりと、こちらまでとどきます。

「この偉業を、鳥の国のつづくかぎり、語りつぎましょう――みんな、またね！」

ケラエノの窓ごしに、サラがあいさつをかえします。

「鳥の姫、元気でね！」

ケラエノが大きく上昇をはじめ、鳥の姫の小さなすがたも、鳥の国の高い塔も、下へ遠ざかってゆきます。

「さあ、そろそろ風脈に入るわよ。みんな、座席についてる？」

ウララが、呼ばわりました。

ルウ子とサラとブンリルー、ホシ丸くん、フルホン氏と舞々子さんと幽霊、照々美さんとウキシマ氏、七宝屋をのせて、ケラエノはこれから、〈雨ふる本屋〉へむかうのです。

じきに窓の外は、ひすい色の清流と見まごうばかりの、風の流れの景色になりました。ウララは、お手製のグライダーをフルホン氏のものとならべてくらべ、翼の角度や骨組みの構造を熱心にメモしていましたが、やがてパッと顔をあげると、ほがらかに呼びかけました。

「フルホンさん、ちょっといっしょに飛んでみてくれない？　フルホンさんのを参考にして、わたしのグライダーを調整したいんだ」

ところが、座席にどっかりとおしりをのせたフルホン氏は、翼につかんだ本のむこうで、太いくちばしを横へむけました。

「フン！　緊急事態であったからこそ、そのようなものをつくったがね。自分で飛ぶなどという軽薄な行動は、わたしには金輪際、無用だ！　そのハリボテは、気に入ったのなら、きみがつかってくれたまえ」

ウララはあきれはてたようすで、目をむいています。

「じょうだんでしょう、こんなにいい翼を設計してつくったのに、もう飛ばないなんて！　あたらしいことに挑戦しないなんて、もったいないわ。うーん、こういうとき、なんて言うんだっけ？　そうそう、フルホンさん流に言うと、老いてますますさかんなるべし、でしょ？」

舞々子さんが、指先をくちびるにあてて、吹きだしそうになるのをこらえました。

フルホン氏は、片手に持っていた小型の本をパタンと閉じると、満月メガネのおくの目をつりあげ、羽毛をすっかりさかだてました。

「ばかを言っちゃあいけない！　わたしは本屋の店主だ、パタパタ空を飛ぶなどというのは、わたしのなすべきことではない！　あらゆる迷子の物語をよい本にし、本棚にならべきるには、わたしはまだまだ、老いたなどとは言っておれんのだ！」

ふんぜんとして、フルホン氏はまた、本のページに視線を落とします。そのとなりではブンリルーが、座席の上にひざを立て、ぶ厚い本で顔をかくしてしまっています。サラと鳥の姫くらい、このふたりはにているかもしれません。

幽霊は七宝屋で買った不死鳥の羽根ペン（どんなに書いても、けっしてインクがつきることがないのです）をふるって、猛然と原稿を書きちらかしています。書きたいことばがあふれすぎて、こんどはじきに、紙がたりなくなるだろうと思われました。七宝屋はゆったりと、花や鳥や月に形をかえるキセルの煙をくゆらせ、ウキシマ氏は、じっとだまって、窓の外を見ています。

「ねえねえ、サラもケラエノと飛びたいな」

翼の傘をかかげて、サラが、ぴょんと座席からとびおりました。

「いいわよ！　じゃあフルホンさん、このグライダー、ほんとにもらっちゃうわね。さあサラ、行きましょ。ルウ子はどうするの？」

ウララはうれしそうに、フルホン氏のグライダーをせおっています。ルウ子は、

頭の中も体も、大冒険にさらされてまだ整理がつかず、しばらくじっと座っていたかったのですが、

「行こうよ、ルウ子！」

ホシ丸くんが手をひっぱるので、そうなっては、いっしょに行かないわけにはいきませんでした。

鎧戸を開け、飛びだしてきたみんなを、ケラエノの大きな目が、親しげに見まもりました。つるりと大きなその目にすがたがうつったとき、ルウ子は、自分も雨もりの森の水滴にいだかれたような、一瞬、そんな気持ちになったのでした。

この世界の記憶をやどした雨の一滴になった、そんな気持ちに。

〈雨ふる本屋〉は、もう、ウミガメの背にのってはいませんでした。風脈の旅がおわり、飛行魚のおなかの中にもどっていたルウ子たちが鎧戸を開けると、そこは、製本室に通じていたのです。

体の大きなケラエノは、〈雨ふる本屋〉へ入ることができません。全員がおりると、飛行魚は、すうっとかべにとけてすがたを消しました。ウララがみんなとお茶をすませるまで、外で待っていてくれるつもりです。

製本室には、ほっぽり森からあらたな物語の種が流れこみ、しとしとと降る雨が種たちを育てています。天井の下なのに雨が降っているので、ウキシマ氏は、たいへんおどろいているようでした。

「そうだ、店番は、だれがしてたの？　また、シオリとセビョーシがるすをしてたの？」

お店へつづく苔の廊下を、一列になって通りながら、ルウ子は舞々子さんにたずねました。前を歩く舞々子さんは、真珠つぶをほのかに光らせながら、ふりむきます。

「いいえ、ふたりとも、ひどくおびえてしまって、とてもるすをまかせられなかったの。ですから――」

しかし、舞々子さんがその先を言う前に、先頭に立つフルホン氏が木の扉を開け、そのむこうにいる人物を見つけたホシ丸くんが、くるっと小鳥に変身して、飛んでゆきました。

「電々丸だ！ 聞いてよ、ぼく、ものすごい冒険をしてきたんだぜ。巨人がいてね、それで、飛行魚から飛びおりて……」

灰色の着物、ひっつめ頭の電々丸が、下駄ばきの片足を折ってもう一方のひざにのせ、キノコの椅子に座っています。電々丸は、太いまゆを八の字にまげて、頭をかきました。

「やれやれ、かなわん。おいらにだって、雨童の仕事があるのだ。いつまでも店番をしてるわけには、いかんのだぞ。こいつらだって、置いてっちまって、かわいそうに」

キノコの椅子の上であぐらをかいた電々丸のふところには、シオリとセビョーシがならんで入り、頭だけを出してふるえていました。が、舞々子さんのすがたが見えるや、ぴゅっと飛びだして、左右の耳にすがりつきました。舞々子(まいまいこ)さんの耳たぶには、あたらしい黒イチゴの耳飾り(みみかざり)がゆれています。

「電々丸(でんでんまる)、おひさしぶりだこと！」

照々美(てるてるみ)さんが、帽子(ぼうし)の蝶(ちょう)をひらめかせます。

砂漠桃(さばくもも)の実はすっかり色づき、淡(あわ)い産毛(うぶげ)におおわれた実から、みずみずしくうれしげなかおりをはなって、お店じゅうをみたしていました。

ちっとも悪びれたようすのない舞々子(まいまいこ)さんたちに、電々丸(でんでんまる)はため息をつき、肩(かた)にとまったホシ丸くんを、指先でちょいちょいとつつきます。

「なあ坊(ぼう)、おっかないのだぞ。お前も、そのうち気をつけんと、ルウ子とサラっ子に、いいようにこきつかわれっちまうぞ」

ホシ丸くんが、「ピュイ」とさえずりながら首をかしげ、ルウ子とサラは目をまるくして、顔を見あわせました。

妖精(ようせい)たちにじゃれつかれて、くすぐったがっていた舞々子(まいまいこ)さんが、シオリとセビョーシの小さな頭をなでてなだめました。

「さあ、お茶のしたくをしましょう。とびきり大きなテーブルがいるわ、こんなに大勢でお茶の時間をすごすなんて、はじめてですもの」

たわわなふくらみをみのらせたももの木の下に、みるみる白いキノコがはえ、かさをひらたく成長させます。雨に打たれるももの実から、たえず甘いかおりがはじけます。

「さあ、ウキシマさんも、どうぞいっしょにおかけくださいな」

舞々子さんに呼ばれ、ウキシマ氏の靴は、草のはえた床をためらいがちにふんで、こちらへ近づいてきました。本棚や、天井からつるされたさまざまな模型、みごとなももの木を見あげ、けれど、キノコの椅子にはかけようとはせずに。

「……きみたちは、いつも市立図書館から、このお店へ来ていたんだね」

ルウ子はウキシマ氏を見あげ、えんりょがちに、言いました。

「ウキシマさんも、また来たら。〈雨ふる本屋〉からも、ほっぽり森へ行けるのよ」

うなずくとも、首をふるともとれる、ぎこちない動作でこたえようとするウキシマ氏より先に、フルホン氏がバサッとばかり、翼をひろげました。

「ウキシマ氏には、また来ていただかなくてはこまる！　わが〈雨ふる本屋〉専属の作家、幽霊のヒラメキくんがいま、王国の物語を完成にむけて執筆中だ。王国の物語のおさまった〈雨ふる本〉ができあがったあかつきには、うけとりに来ていただかないわけにはいかん」

そうです、幽霊は、お店へもどってきながらも、ずっと書きつづけていました。たくさんのメモをつくり、すじがきを配置してはならべかえ、原稿用紙の表も裏も文字でいっぱいにして、王国の物語を書いているのです。ルウ子のノートはというと、あの白紙の〈雨ふる本〉に、しおりのようにはさみこまれていました。ルウ子は、ノートをかえしてくれと言うつもりはありませんでした。幽霊が、かならずウキシマ氏の王国を、りっぱな物語にまとめあげてくれるでしょう。

書くことに熱中しながらも、幽霊が執筆室にこもらないのは、もちろん、舞々子さんが、テーブルキノコの上に魔法のテーブルクロスをひろげ、山ほどのお茶とお菓子を出現させるところだったからにほかなりません。

ツタの葉とクモの巣もようのテーブルクロスが、特大のテーブルキノコの上にひろげられました。その上にあらわれたのは、メレンゲとミントぞえのもものお茶、うずまき状の泡が泳ぐもものソーダ、花びらをかさねてつくったタルト、チョコレートの葉をしげらせたバウムクーヘン、寒天でできた赤や黒の金魚が中でちらつく鉢型のゼリー、流星花火の立てられた黄金のピーチパイ、七色のシロップがかけられ、蝶や花の形にととのえられたかき氷、うずまき型のハチミツドーナッツ、雨つぶの形をして木の枝からつるされた色とりどりのキャンディ、ビスケットでできた鳥の巣にもられた空色のアイスクリーム——

お茶のテーブルの上だけは、雨がよけられ、みんなはそこへ集まりました。

「うわあ、わたし、舞々子さんのお茶ってはじめて！　いちど食べてみたかったたんだ。ねえ、ケラエノにも食べさせてあげたいんだけど、かまわないかしら？」

ウララが目をかがやかせます。

「もちろんですわ。ケラエノには、とくべつ大きなケーキを用意しましょう」

舞々子さんがウララに言い、みるまに出現したとびきりのお茶とお菓子にすっかりめんくらっているウキシマ氏に、頬笑みかけました。

「ウキシマさんも、どうぞ。冒険のあとでは、お疲れでしょう？　甘いものをめしあがってください」

それでもまだ、ためらっているようすのウキシマ氏に声をかけたのは、七宝屋です。

「おや、まさか舞々子さんのお茶をおことわりなさるおつもりじゃございませんでしょう、お客さま？　いやいや、あたくしなんかは、こればかりを楽しみに生きておるようなものでして」

七宝屋は、もうすっかりくつろいで椅子にかけ、大きな口にお茶を流しこみます。

「ちょっと、そのチョコレートの蝶ちょは、あたしのだわ」

本を読みながら席についていたブンリルーが、テーブルの上をはねてきたホシ丸くんのくちばしを、指でちょんとはじきます。

「ぼくが先にとろうとしたんだぞ！」

ヂィーッとくちばしから音を出し、ホシ丸くんが抗議（こうぎ）すると、ブンリルーは本をひざの上に置いて、小鳥に顔をよせました。

「あたしが先よ。そのくちばしをひっこめないと、バクをけしかけるわよ」

「けんかしちゃ、だめ！　とりあいっこすると、お菓子（かし）がおいしくなくなっちゃうのよ」

サラが大まじめな顔で、ふたりの仲裁（ちゅうさい）に入ります。

ルウ子は、横目でそのようすを見ながら、さて、つぶれてしまったコロッケをお母さんにどう言いわけしようかと、頭のすみで考えはじめました。もものジュースをコクンと飲んだとき、ウキシマ氏がティーカップに手をのばしているのが目に入り、ルウ子をほっとさせました。

「……うん、おいしい」

舞々子さんのお茶を飲んで、ウキシマ氏はその味に、深くおどろいたようでした。

「ほんとうだ、生きててよかったと思えますね。こんなにおいしいものがあるなんて」

「そうでしょう、そうでしょう」

七宝屋がまんぞくげにうなずき、一瞬だけ目頭をおさえたウキシマ氏を、電々丸が片方のまゆをまげて見ていました。

ウキシマ氏は、けれど、お茶を一杯と、舞々子さんが切りわけたパイをひときれ食べると、もう帰ると言いだしました。

「ありがとうございました。こんなにしていただけるような者じゃないというのに。――とちゅうで失礼なのは承知ですが、店を閉めたまま来てしまったので。……勇気が出たんです。わたしのちっぽけな店は、子どものころの夢とはちがう形ですが、それでもわたしのいまの、夢のかたまりです。ほったらかしにはしておけません」

その声は、舞々子さんのお茶のおかげもあってか、ずいぶんと明るくなっていました。生き生きとすらしている足どりで、自分の営むお店へもどろうとするウキシマ氏を、止めようという者はありませんでした。フルホン氏が立ちあがり、扉へむかうウキシマ氏を見送ります。

「いいですか、かならず、また来られるように！　あなたの物語を、とりに来るのです。王国は、あなたの魂をかけた冒険の場であったのでしょう。だからこそ、幽霊くんも、そして彼女も、書かずにはいられなかったのです。かならず、本をとりに来てください」

念をおすフルホン氏が、一瞬こちらを見たので、ルウ子はあやうく、かき氷を服にこぼしてしまうところでした。その、ルウ子のあわてたようすを、ウキシマ氏がすこしだけ目を細めて、見ていました。

「もちろんです。できあがった物語を、わたしも、ぜひ読んでみたい。かならず、また来ます――それに」

ウキシマ氏が、まっすぐにルウ子のほうをむいて、言いました。

「よかったら、またぼくのお店へも来てくれるとうれしいな。きれいな楽器をそろえているから、さわってみるだけでも」

ルウ子は、頬を赤くして、いきおいよくうなずきました。

「は、はい！　あたし、きっと行く！」

その返事に、はっきりと笑みを浮かべながら、ウキシマ氏はふと、草の中になにかを見つけてかがみこみました。拾いあげたのは、黒光りする巻き貝の化石です。

「おや、これは……海から入りこんだんだろうか。アンモナイトの化石だ」

フルホン氏が、こらえきれないとばかりに、バサバサッと羽をばたつかせました。

「これだから、人間は！　いいですかな、これは、メタプラセンチセラスの化石。白亜紀に棲息した、アンモナイト目の無脊椎動物！　いい大人が、なげかわしい。これくらいは常識ですぞ！」

ウキシマ氏が先に帰ったあと、ルウ子とサラはおなかがいっぱいになるまでお茶とお菓子を食べ、心がしっかりとふくれるまでみんなとおしゃべりしました。

「おっといけない、わたし、もう組合にもどらなきゃならないわ。やだな、報告書を提出しなくちゃならないの。トコトワ女史ったら、十回は書きなおさせなきゃ気がすまないらしいんだから」

ケラエノへのケーキをおみやげに、ウララがお店をあとにします。

「それじゃ、あたしたちも、帰らなきゃ」

ルウ子とサラの荷物を、舞々子さんがお店のおくから持ってきてくれました。ルウ子はコウモリガッパをぬいで、舞々子さんにあずかってもらいます。

「そのお料理、もういちど形をととのえて油かバターでこんがりさせれば、きっとおいしいわ」

きれいに汚れをふいたふくろをルウ子に手わたしながら、つぶれたコロッケについて、舞々子さんがそう教えてくれました。

「マゼラン、またね。照々美さん、またお庭をお手伝いしていい？」

マゼランのあごをなでるサラに、照々美さんは「もちろん」とうなずいてくれました。

「サラのための花壇をつくっておくわね。サラににあうお花ばかりを植えるの」

帽子の蝶の翅がはためき、マゼランが、くるくるっと金の尾をふりました。

片手でお菓子をつまみながら、ずっとペンを動かしていた幽霊が、はっと顔をあげます。

「おーい、待ってよう。このお話、ほとんどはきみが見てきたんだから、わがはいひとりじゃ、まとめられないよ。つづきを書くのを、手伝いに来てよぅ」

かんだかい声で、ルウ子に呼びかけているのです。ルウ子は、耳までまっ赤になるのを感じました。胸の中で、うれしさのケーキが焼きあがってふくらみます。

「あたし、いっしょに書いていいの？」

「もちろんだよぅ」

目玉は手もとにむけたまま、幽霊（ゆうれい）は、金魚鉢（きんぎょばち）ゼリーを、ぽいと口にほうりこみます。すらすらとペンを動かしつづける手は、書けなくなっていたことなんて、もうさっぱりわすれさっているようでした。

「……もう帰っちゃうの？」

口をとがらせながらも、ブンリルーの視線（しせん）は、本にばかりそそがれています。ほっぽり森で読んでいた本も、ケラエノの中で読んでいた本も読みおわり、これで何冊（なんさつ）めになるのやら、もうわかりません。

「ブンリルー、ホシ丸くんをバクに食べさせたりしちゃ、だめよ」

「よけいなことさえ、しなければね」

「フンだ！　よけいなこと、だって？　ぼくがするのは、ほんものの冒険（ぼうけん）だけさ！」

ヂュイーッとホシ丸くんが低く鳴き、ルウ子とサラは、笑って手をふりました。

「それじゃあ、また！」

また、すぐに、ルウ子は幽霊（ゆうれい）の執筆（しっぴつ）を、サラは照々美（てるてるみ）さんのお庭を手伝いに、もどってくるのです。舞々子さんや照々美さん、電々丸も七宝屋も、手をふりかえしてくれました。フルホン氏は、威厳たっぷりに、大きくうなずいてふたりを見送りました。

「〈雨ふる本屋〉史上、類を見ない偉大な物語の完成を、わたしも全力をあげて応援しよう！」

そうして、パタンと小さな木の扉が閉じられ、顔をあげると、そこはいつもの、市立図書館の通路です。

出口へむかいながら、ルウ子たちはきょろきょろと見まわしてみましたが、ウキシマ氏のすがたは、もう館内には見あたりませんでした。きっと、いそぎ足で自分のお店へもどったのでしょう。ウキシマ氏のお店の場所を、たずねるのをわすれてしまいました。が、また会ったときに聞けばいいと、ルウ子は考えなおしました。それは、〈雨ふる本屋〉でかもしれませんし、この市立図書館でかもしれません。

こまったことに、外では、雨が降りはじめているようでした。窓の外が灰色にしずみ、図書館の天井には、照明がともされています。

「舞々子さんは、ああ言ったけど……」

ルウ子は、中身のめちゃめちゃになったコロッケのふくろを、持ちあげました。大冒険でふくらんでいた気持ちが、一気にコロッケと同じに、ひしゃげます。

「お母さん、やっぱり怒るだろうな」

すると声を低めて、サラが、大人びた口調でこう言います。

「だいじょうぶ。サラが、いっしょにあやまってあげるから」

「なによ、それ。あたしだけが悪いみたいじゃないの」

ルウ子がまゆをつりあげたとき、サラが、あっと声をあげて、出口のほうへ走りだしました。ガラスの自動ドアのむこうに、傘をさして、図書館の中をのぞきこむ影が見えています。

ルウ子とサラのレインコートと傘を持って、お母さんがむかえに来てくれたのです。

ただいまを言いに、ルウ子とサラはガラスのドアへ、雨の降るほうへ、いそぎました。

〈おしまい〉

日向理恵子（ひなた　りえこ）

一九八四年兵庫県生まれ。主な作品に『雨ふる本屋』『雨ふる本屋の雨ふらし』『雨ふる本屋とうずまき天気』『魔法の庭へ』（以上、童心社）『日曜日の王国』（ＰＨＰ研究所）『火狩りの王〈一〉春ノ火』（ほるぷ出版）などがある。

吉田尚令（よしだ　ひさのり）

一九七一年大阪府生まれ。主な作品に「雨ふる本屋」シリーズ（童心社）絵本『パパのしごとはわるものです』『希望の牧場』『悪い本』（以上、岩崎書店）『星につたえて』（アリス館）など多数ある。

https://www.hiruneweb.com/

---

# 雨ふる本屋と雨もりの森

二〇一八年　六月十五日　第一刷発行
二〇一九年　四月十六日　第二刷発行

作　日向理恵子
絵　吉田尚令

発行所　株式会社童心社
東京都文京区千石四－六－六
電話　〇三－五九七六－四一八一（代表）
〇三－五九七六－四四〇二（編集）

印刷・製本　図書印刷株式会社

https://www.doshinsha.co.jp/

ISBN978-4-494-02054-6
Published by DOSHINSHA　Printed in Japan
NDC913　19.4×13.4cm　358p

あなたの物語が、きっと見つかる。

# 雨ふる本屋

おつかいの帰り、図書館へ寄ったルウ子は、カタツムリにさそわれて〈雨ふる本屋〉へ。物語への愛と信頼に満ちたファンタジー。

あらゆる本屋や図書館を破壊してまわる骨の竜“ミスター・ヨンダクレ”の真の目的とは⁉〈雨ふる本屋〉に危機がせまる、シリーズ第２作目。

恐ろしい絶滅かぜにかかったフルホン氏を救うべく旅立つルウ子とサラの前に現れた〈自在師〉ブンリルーの秘密とは⁉　シリーズ第３作目。